POTENTIAL
포텐

POTENTIAL 포텐 7

김민수 장편소설

초판 1쇄 찍은 날 | 2017년 5월 17일
초판 1쇄 펴낸 날 | 2017년 5월 24일

지은이 | 김민수
펴낸이 | 예경원

기획 | 위시북스
편집책임 | 박우진
편집 | 이즈플러스

펴낸곳 | 예원북스
등록번호 | 제396-2012-000132호
등록일자 | 2012. 7. 25
KFN | 제1-103호

주소 | 경기도 고양시 일산동구 호수로 646-24 위너스21 II 빌딩 206A호 (우)10401
전화 | 031-819-9431 팩스 | 031-817-9432
E-mail | yewonbooks@naver.com

ISBN 979-11-6098-248-0 04810
979-11-5845-360-2 (set)

※ 이 도서의 국립중앙도서관 출판시도서목록(CIP)은 서지정보유통지원시스템 홈페이지(http://seoji.nl.go.kr)와 국가자료공동목록시스템(http://www.nl.go.kr/kolisnet)에서 이용하실 수 있습니다.

POTENTIAL
포텐
7
김민수 장편소설
WISHBOOKS MODERN FANTASY STORY
Wish Books

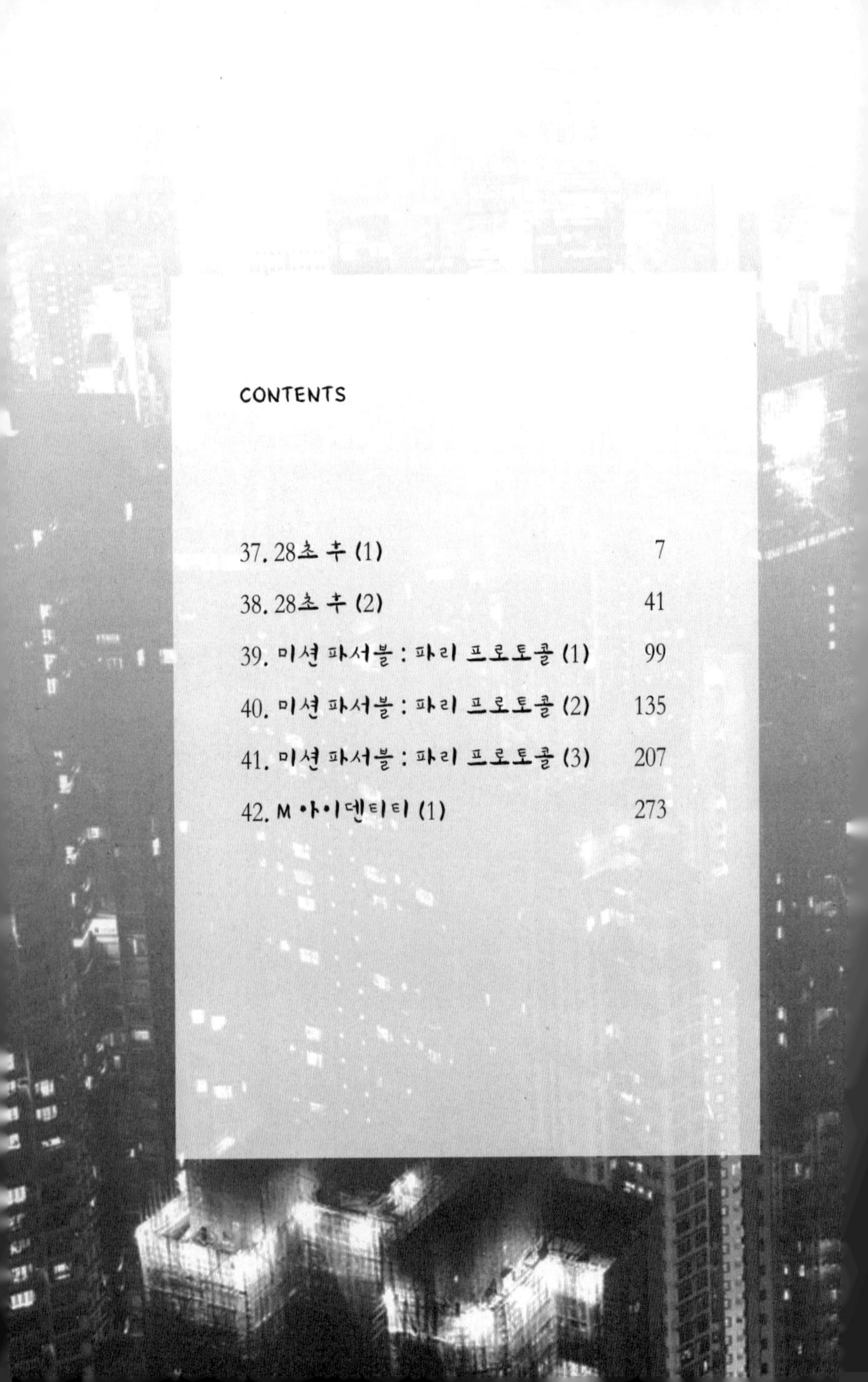

CONTENTS

POTENTIAL
포텐

37.
28초 후 (1)

‘더 스마트 게임’의 시청률 10% 돌파 기념 야유회가 예정된 토요일 아침. 공 매니저는 밴 안에 앉아 휴대폰으로 이번 주 방영분을 모니터링 중이었다.

‘민호 씨, 파이팅!’

8회 차 영상에서는 강민호와 백민수, 그리고 장동묵의 3자 대결이 진행됐다.

“백 선생님, 본 실력을 드러내니 장난 아니시네요.”

조수석에서 함께 지켜보고 있던 김 코디의 말에 공 매니저는 동감한다는 듯 고개를 끄덕였다.

게임의 장단점 파악이 빠른 민호와 눈치백단에 과감한 장동묵의 장점을 두루 가진 프로 도박사의 영향력은 막강했다.

【준결승 데스매치, 강민호 vs 장동묵!】

-시리즈 최초 데스매치를 하게 된 강민호. 3번의 데스매치에서 기적처럼 버틴 장동묵. 과연, 살아남아 백민수와 최종 결전을 치를 한 사람은!

1위가 백민수로 정해지자 남은 둘은 자연히 데스매치에 들어가게 됐다. 지켜보고 있던 두 사람은 자막을 보며 침을 꿀꺽 삼켰다.

"어떻게 될까요? 도윤이 형 혹시 들은 거 있으세요?"

"워낙 탈락자 보안이 철저해서 말이야."

"혹시 민호 형이 탈락한 거면 잠자코 있어야겠네요."

영상은 미리 정해놓은 가위, 바위, 보 카드를 들고 승자를 예측하는 배팅게임으로 이어졌다. 초반부터 민호가 밀리며 손에 땀을 쥐게 하는 게임 상황이 연출되자 두 사람은 넋을 놓고 빠져들었다.

그러던 중.

드르륵.

"좋은 아침이에요."

뒷문이 열리고 간편한 추리닝 차림의 민호가 밴에 올라탔다. 공 매니저와 김 코디는 화들짝 놀라 고개를 돌렸다.

"응? 왜들 그렇게 놀란 표정이에요?"

"어, 어서 오십시오. 민호 씨."

"어서 와요, 민호 형."

묵직한 가방을 옆에 내려놓던 민호는 공 매니저의 휴대폰에서 "장동묵 10점! 크게 앞서 갑니다!"라는 소리가 흘러나오는 것을 듣고 상황을 대충 알아차렸다.

"8회전이죠? 이번엔 아슬아슬했어요."

공 매니저는 다시 화면으로 시선을 돌렸다. 몰리고 있던 화면 속 민호는 마지막 3연전 배팅을 연속으로 따내며 극적인 승리를 거뒀다. 공 매니저는 안도의 한숨을 쉬었다.

"지는 줄 알았습니다."

"동묵이 형, 생각보다 노련하더라고요. 마지막에 방심시키지 못했으면 졌을 거예요."

민호가 싱긋 웃었다.

공 매니저는 저 믿음직한 웃음을 보게 되자 잠시나마 민호의 능력을 신뢰하지 못해 흔들린 자신이 도리어 부끄러워졌다.

"결승 진출 축하드립니다, 민호 씨."

"고마워요."

민호는 짐을 정리해 놓고 좌석에 기대며 물었다.

"공 매니저님, 오늘 야유회 어디로 가는지 아세요?"

"소양호 아십니까?"

"큰 댐 있는 거기 말이죠?"

"그곳에서 배를 타고 좀 들어갑니다. 낚시하기도 좋고, 개인 보트도 탈 수 있고, 무엇보다 연예인들이 사람들 눈치 안 보고 자연을 즐길 수 있는 곳이라 들었습니다."

NTV의 예능국에서 포상으로 마련해 준 야유회는 '더 스마트'의 모든 출연진과 그들의 매니저, 코디들이 함께하는 자리였다.

공 매니저가 밴의 시동을 걸었다.

"집결지로 출발하겠습니다."

차가 움직이기 시작했다. 민호는 문자가 와 깜박이는 그의 휴대폰을 들었다.

[유럽 간다며? 오늘 오나?]

며칠 전, 함께 예능을 찍었던 진규의 문자였다. 민호는 '간다'라는 짧은 답문을 보냈다. WCG 대표 게임단 합숙이 다음 주 수요일인 터라 그 사이에는 아무런 스케줄이 없었다.

지이잉.

진규에게서 바로 문자가 왔다.

[동묵이 형이 밤에 다 같이 화투 좀 치자는데?]

[사양.]

[왜?]

[백민수 선생님 못 당해.]

프로 도박사의 애장품을 여러 번 만져본 민호로서는 게임에 참여하는 이의 심리를 속속들이 파악할 수 있는 백민수만큼 까다로운 상대는 없다는 것을 알고 있었다. 그 때문에 3주 뒤에 빅 이벤트로 진행될 최종 결승전은 부담이면서도 기대가 됐다.

[백 선생님은 손녀 생일이라 내일 오신데. 지금 화투 하자는 멤버가 나랑 동묵이 형이랑 상철이 형뿐이야. 광 팔 사람이 없다.]

[그래도 사양.]

[쳇. 알았다.]

삐친 듯한 진규의 대꾸에 민호는 피식 웃었다.

카메라가 돌고 있는 촬영장도 아니고, 유품과 애장품으로 온갖 꼼수를 부릴 수 있는 야유회의 화투판에선 마음만 먹으면 저들을 거덜 내 버릴 수 있었다. 그랬기에 민호는 거절했다.

'할 일도 있고.'

민호는 영어 관련 서적으로 가득한 가방에 시선을 던졌다. 공기 좋은 장소에 가면, 출국을 대비한 영어 공부를 확실하게 끝마칠 생각이었다.

외국에서 발견할지 모를 유품과 애장품을 대비하기 위해서라도 반지를 통한 유럽의 언어가 제대로 들릴 수 있도록 하는 것은 매우 중요했다.

"Excuse me, sir. Can i touch this stuff?"

반지를 착용한 민호가 영어회화책을 하나 꺼내 읽기 시작했다.

그것을 본 공 매니저는 '역시, 민호 씨'라는 눈빛이 되어 놀러 가는 것에 들떠 콧노래를 흥얼거리는 김 코디에게 "쉿" 하고 조용히 할 것을 주문했다.

3시간 뒤, 춘천 소양댐 선착장.

밴은 소양댐 정상으로 오르는 구불구불한 도로를 지나 집결지에 도착했다.

"다 왔습니다, 민호 씨."

민호는 열려 있는 창문으로 흘러들어 오는 시원한 물 냄새에 책에서 시선을 떼고 밖을 내다보았다.

"와아~"

소양호는 내륙의 바다라는 별칭답게 크고 넓었다. 양구와 인제까지 닿아 있는, 총 저수량 29억 톤의 호수 표면은 그 깊이를 가늠할 수 없는 푸른 먹빛을 품은 채 찰랑거렸다.

민호는 가방을 메고 주차장에 내려섰다. 그러다 이미 도착해 있던 한 사람의 모습을 확인하고 그를 불렀다.

"박 변호사님."

하비 박이 고개를 돌렸다.

"오, 강민호 씨. 어제 방송 보니 결승 올라갔던데, 축하해."

"아슬아슬했어요."

"보니까 내가 잘못한 게 확실하더군. 장동묵을 너무 만만하게 봤어."

4명밖에 남지 않았던 7회전. 장동묵과의 탈락대결에서 떨어지고 만 하비 박의 말에 민호는 미소를 지었다. 그날 장동묵이 만만치 않음을 깨닫지 못했다면 데스매치에서 방심했을지도 모른다.

"혼자 오셨어요?"

"나는 민호 씨처럼 연예인이 아니니까."

하비 박은 세단의 트렁크를 열고 트렁크에서 척척 무언가를 꺼내기 시작했다. 고급 코르크 그립이 장착된 낚싯대, 카본과 티타늄 소재의 릴, 낚시 소품이 가득 담긴 케이스.

낚시에 대해 잘 모르는 민호가 보기에도 장비들이 비싸고 화려해 보였다.

'혹시…….'

장비를 꺼내는 모습이 낚시를 오래 한 듯 익숙해 보였기에 애장품이 있나 살폈으나, 저 안에서 은은한 빛이 나는 물건은 없었다.

하비 박은 자신의 물건을 꼼꼼히 살펴보는 민호에게 물었다.

"혹시 낚시 좋아해?"

"아직, 모르겠어요."

해보지 않았기에 가늠할 수가 없었다.

"박 변호사님은 낚시가 재미있으신가 봐요?"

"재미?"

하비 박은 보석이라도 들어 있을 법한 A4용지 크기의 고급스러운 상자를 꺼내 들고 말했다.

"우리 같은 꾼들 눈에는 낚시를 안 하는 사람들이 이상하게 보여. 이 지상 최고의 여가를 안 즐기면 대체 무슨 재미로 살아?"

상자의 뚜껑을 연 하비 박은 사랑스럽다는 표정으로 안쪽에 시선을 던졌다. 뭔가 하고 흘낏 바라본 민호는 움찔 놀라고 말았다. 지렁이처럼 생긴 인조미끼들이 꿈틀거리고 있던 것이다.

"낚싯대 하나 더 있는데 하겠어?"

"저는 조용히 책 좀 보다 가려고요."

민호는 그렇게 흥미가 느껴지지 않아 고개를 저었다. 그사이 주차장에 하얀 승용차가 도착했다.

짙은 선팅이 되어 있는 창문이 열리고 얼굴을 보인 이는 4회전에서 탈락했던 한의사 최허준이었다.

"여어, 민호 씨! 박 변호사님!"

"안녕하셨어요."

"오랜만, 닥터 최."

민호와 하비 박이 인사하는 가운데 최허준이 내려섰다. 그리고 옆 좌석에 있는 물건을 꺼내기 시작했다.

"소양호. 여기 물고기들 파이팅이 끝내주지. 강원도 심심산골에서 내려오는 산삼 썩은 물을 마시면서 살거든."

최허준은 알 듯 모를 듯한 말을 해 놓고는 저 혼자 좋다고 웃었다. 무슨 말인지 모르지만 왠지 모르게 꾼의 냄새가 물씬 풍겼다. 최허준이 한쪽에 플라스틱 케이스를 내려놓고 안을 열었다. 그것을 본 하비 박이 눈을 빛냈다. 케이스 안에는 인조미끼 세트가 잔뜩 담겨 있었다.

꾼은 꾼을 알아본다고 했던가.

최허준도 하비 박이 세팅한 장비를 보고 눈을 빛내며 다가왔다. 이어 트렁크 속에 가지런히 정리되어 있는 로드와 릴 등을 보고 말했다.

"장비가 화려하시네요. 박 변호사님, 낚시 좀 하시나 봐요."

"닥터 최도 낚시가 취미?"

"보시다시피. 뭐 잡으시게요?"

"쏘가리. 시즌 끝나기 전에 손맛 좀 봐야지."

"소양호 하면 쏘가리죠. 저도 그렇습니다."

"오, 쏘가리깨나 잡아 본 모양이야?"

"배스 낚시하면서 가끔 3짜 정도는 얼굴 봅니다."

"그 정도면 대단하군."

"한데 시즌 초 FTV에서 프로 배서가 소양호에서 6짜 대물을 바늘털이로 놓치는 장면이 생중계되었다는 걸 아시는지? 그 바람에 전국에 있는 꾼들이 죄다 소양호로 몰려 최근까지 바닥을 뒤지고 다녔답니다. 지금쯤 개체수가 많이 줄었을 테고, 그나마 남아 있는 놈들은 예민해질 대로 예민해져서 쉽지 않을 거예요."

"허허, 소양호가 얼마나 넓은데 쏘가리가 없을라고. 그리고 이것저것 조건을 따지면 진정한 꾼이라고 할 수 없지."

왠지 둘 사이에 불꽃이 튀기는 듯한 분위기가 느껴져 민호는 가만히 지켜보았다.

'음…….'

곧 내 낚싯대는 노르웨이산 절대 부러지지 않는 물건이니, 내 어탐기는 바닥의 물풀 한 포기까지 체크할 수 있는 최신형 소나를 탑재했느니 하는 이해할 수 없는 자랑이 이어져 민호는 그들에게서 떨어졌다.

잠시 후.

야유회에 참여하는 인원이 속속들이 도착했다.

백민수를 제외한 '더 스마트' 9명의 출연진에 딸려 있는 스태프까지 모여서자 선착장에는 30여 명이나 되는 대규모의 인원이 왁자지껄 서 있게 됐다.

낚시에 대한 대화 삼매경에 빠진 무리. 바비큐 파티와 맛있는 야외요리에 대한 기대감에 부푼 무리. 낮부터 술판을 벌이고, 밤에는 친선 도박판을 벌이겠다는 무리.

그 틈에 서 있던 민호는 야유회를 즐기는 각양각색의 분위기에 절로 마음이 들뜨는 것을 느꼈다. 프로그램의 경쟁상대로 만났으나, 그것이 정리되어 가는 지금. 저들은 적이 아니라 같은 경험을 나눈 동료와도 같아졌다.

부우우우!

경적이 울리며 선착장으로 소양호를 유람하는 쾌속선 하나가 도착했다.

"저기 왔네요."

NTV 예능국장의 특명을 받아 출연자들을 대접하기 위해 함께 온 CP 이보일이 모두를 향해 말했다.

"행선지는 배를 타고 들어가면 있습니다. 저 배도 오늘내일 저희가 대여했으니까, 언제든 말씀하시면 나오실 수 있습니다. 모든 체제 비용은 NTV에서 낼 테니 마음껏 즐기다 오십시오."

"술! 술!"

한가운데 서 있던 장동묵의 외침에 이보일은 빙긋 웃으며 말했다.

"뭐해. 동묵 씨가 저 술로는 부족하다잖아."

이보일의 말에 막내 PD이자 야유회의 총무인 조우식이 얼른 시내의 마트에 나가 있는 FD에게 전화를 걸었다. 이보일이 쾌속선을 가리켰다.

"타시죠."

30여 명의 인원이 배에 올라탔다.

민호는 훤하게 뚫려 있는 쾌속선의 2층에 자리했다.

"야, 민호."

진큐가 민호의 옆자리에 앉으며 물었다.

"너 밤에 진짜 같이 안 할 거야? 이런 곳에서 하는 화투가 꿀잼이다. 괜히 혜주 누나나 정서연 아나운서한테 붙들려 심부름만 하지 말고, 우리 쪽에 붙어. 못하면 광만 팔라니까."

"됐어. 흥미 있는 물건도 안 보이고. 일단은 공부할 생각이야."

"뭐?"

공부라니 이게 뭘 잘못 먹었나 싶은 눈길로 민호를 바라보던 진큐가 말했다.

"그건 그렇고. 가면 남자끼리만 모아서 내기 족구 한판 땡긴다는데? 설거지 담당자 정하기로. 우리 같이 팀 만들자."

며칠 전의 반 대항 축구에서 민호의 괴물 같은 반사신경을 목격했던 진규였기에 발 빠른 섭외에 들어갔다.

"그럴까?"

"너와 내가 힘을 합치면 무적이다."

진규가 만족스러운 웃음과 함께 막 2층에 올라선 장동묵에게 달려갔다. 실컷 놀고, 먹고, 술판을 진탕 벌이려는 무리의 중심에는 저 두 사람이 있었다. 함께 온 매니저들과 코디들도 대부분 저 무리에 속해 있었다.

'공 매니저님도 오랜만에 원 없이 술 드시겠다고 했었지?'

민호는 왼편 좌석에서 낚싯대를 보물처럼 껴안고 있는 하비 박과 최허준에게 시선이 머물렀다. 가까이 앉아 있으면서 서로 쳐다보고 있지도 않았다. 같은 취미를 공유하면서 왜 저리 견제를 하는지 모를 일이었다.

'그러고 보면 나만 책을 붙잡고 있네.'

도착하면 민호도 두 무리 중의 하나를 택해서 어울리는 편이 나을 것 같다는 생각이 들었다.

'가 보고 재밌어 보이는 쪽에 있지 뭐.'

해야 할 일이 정해진 예능 촬영도 아닌 이상, 하고 싶은 걸 한다고 뭐라 할 사람은 없으니까.

쾌속선이 물살을 가로지르며 도착한 곳은 품안골이라는

경치 좋기로 소문난 장소였다. 시원하게 펼쳐져 있는 호수 저편으로 옹기종기 모여 있는 언덕 위의 시골집들이 민호의 시선을 잡아끌었다.

선착장에 배가 닿고, 사람들이 내리기 시작했다.

"숙소는 저쪽입니다."

이보일이 가리킨 곳은 산 아래에 자리한 자그마한 분교였다. 이제는 폐교되어 마을 주민들에 의해 펜션으로 사용되고 있다는 2층 건물은 낡았지만 깨끗하게 색칠되어 아담한 분위기가 물씬 풍겼다.

"오케이. 저기 운동장에서 내기하면 되겠네."

선착장에 올라선 장동묵이 민호의 옆으로 다가왔다.

"진규가 그러는데 민호 너 축구 좀 한다며?"

"저요? 그냥저냥……."

선착장에 묶여 있는 보트들을 살피던 민호의 눈길이 한곳에 고정됐다. 몸체가 쫙 빠진 신형 보트 사이에 자리해 있는 나룻배 한 척.

'애장품!'

은은한 빛이 감도는 나룻배를 본 민호의 표정이 확 밝아졌다. 자석처럼 이끌려 배를 향해 다가서는데, 그 앞에 서 있는 백발이 성성한 노인과 마주하게 됐다.

앞서 걷고 있던 이보일이 백발노인을 보자마자 재빨리 달려갔다.

"이장 어르신, 안녕하세요!"

"많이도 왔네. 마을이 떠들썩하겠어."

"내일까지 잘 부탁드립니다."

"필요한 거 있으면 말하고. 거 학교 옆에 살던 최씨네도 읍내로 이사 갔으니, 밤에 시끄럽게 놀아도 돼."

"감사합니다, 어르신."

이보일이 사람들을 안내하기 위해 먼저 사라졌다. 백발노인은 눈이 초롱초롱해진 채로 나룻배를 살피고 있는 한 청년, 민호에게 시선이 머물렀다.

"자네도 서울서 왔는가?"

"네? 네, 어르신."

"가서 놀지 왜 거기 서 있어?"

그야 그냥 노는 것보다 재미있을지 모를 물건을 발견했기 때문이었다.

"저기, 어르신. 이 배 어르신 물건인가요?"

"맞아. 내 낚싯배야."

"제가 한 번만 타 봐도……."

민호가 정중하게 요청하는데 지나가던 장동묵이 그의 어깨를 툭 쳤다.

"야, 민호! 얼릉 와. 내기해야지!"

내일까지 음식을 담당해 줄 여자들을 대신해 남자들이 설거지를 맡는 건 다 같이 정한 일이기에 빠질 수가 없었다.

민호는 아쉬움을 달래며 백발노인에게 고개를 꾸벅 숙였다. 이장님의 배라는 것을 알게 된 이상, 상황 보고 나와서 부탁해 보면 될 일이었다.

"연예인 맞지? 할아버지가 오늘 연예인 온다 했어."

"나 저 사람 TV에서 봤어."

품안골 마을의 꼬마들은 운동장 한쪽에 모여앉아 방금 안으로 들어간 이들을 신나게 구경 중이었다.

학교 건물 안에 짐을 풀고 나온 진규는 이 오지에 자리한 마을에서도 자신을 알아보는 이들이 있다는 것에 흡족한 미소를 지었다.

"안녕. 꼬마들."

"누구야?"

"저 사람은 연예인 아니야. TV에서 못 봤어."

일반인 취급을 하는 꼬마들에 진규의 안색이 변했다.

"너희 나 몰라? 진큐야. 래퍼."

"진쿠가 뭐래요?"

"진큐!"

버럭 하는 진큐가 무서웠는지 꼬마들이 우르르 자리를 피했다.

“진규야, 애들이 랩이 뭔지 알겠냐?”

“장동묵이다!”

“아저씨, 사인 좀 해주세요!”

도망쳤던 꼬마들이 장동묵에게 몰렸다. 장동묵은 양팔을 벌린 채 말했다.

“한 명씩 와, 한 명씩. 이 인기 개그맨이 꼭 안아줄 테니까. 진규 너는 가서 족구 줄이나 그어.”

진규는 ‘흥’ 하고 고개를 돌렸으나, 아이들에게 인기 만점인 장동묵이 부럽다는 듯한 눈빛은 사라지지 않았다.

나뭇가지를 쥐고 한참 운동장 한가운데 줄을 긋던 진규는 눈병이 났는지 안대를 쓰고 있는 꼬마와 마주쳐 혹시나 해서 물었다.

“너 강민호 알아?”

“그게 누군데요?”

“모르면 됐어. 아니지, 몰라도 돼. 평생.”

자신처럼 인지도가 전혀 없음을 파악하고 진규는 희미한 미소를 지었다. 적어도 이 마을에서는 강민호도 별거 아니다.

“다들 빨리빨리 나와!”

장동묵이 운동장 한가운데 서서 소리쳤다. 5분 뒤, 짐 정리를 끝낸 남자들이 삼삼오오 운동장에 모였다.

"박 변호사님하고 허준이는 그거 다 어따 쓸려고 들고 나왔어요?"

낚시 도구를 잔뜩 짊어지고 건물에서 나온 두 사람. 장동묵의 질문에 하비 박이 답했다.

"바로 낚시하러 가려고."

"와우! 그러면 저녁에 매운탕에 소주 한잔 콜?"

"낚아 봐야 알지."

장동묵은 기대한다는 눈빛으로 하비 박을 보았다.

"아, 박 변호사님. 족구에서 지고 가면 낚시하다 와서 설거지해야 할 텐데요."

"그건 걱정하지 말라던데?"

"누가요?"

두 사람 옆에 민호가 섰다.

"빨리하고 가죠."

다른 이와 편을 먹으려는 민호를 본 진규의 안색이 변했다.

"야, 강민호! 약속했잖아."

"'그럴까?'라고 물어봤지, 하겠다고는 안 했어."

"으으."

세 명씩 조를 짜 치러진 내기 족구. 민호는 감각적인 몸놀림으로 대활약해 가볍게 상대 팀을 누른 뒤에 곧바로 선착장으로 달려갔다.

패배한 조끼리 계속 족구 경기를 치러 최종 패배 팀이 정해졌다. 헛발질의 왕 장동묵과 한 박자 느린 반응의 대가 이상철과 조를 짠 진규의 팀이었다.

"크아아아!"

누군가의 절규가 운동장 안에 울려 퍼졌다.

하비 박은 이도일이 섭외해 준 보트 위에 가져온 낚시 도구들을 올려놓았다. 아무도 잡지 못할 대어를 낚아 보는 것은 낚시꾼들의 영원한 소망. FTV에서 본 6짜 대물 쏘가리가 사라진 지점이 바로 이 근처였다.

'이런 호수라면 분명 대물이 있어. 소양호의 왕을 내가 잡아 주겠어.'

두근거리는 심정으로 보트에 올라탄 하비 박은 옆에서 자신처럼 준비 중인 최허준에게 시선을 돌렸다. 별것 아닌 게임 상대에서 별것 아닌 낚시 상대로 나타난 최허준은 보트에 오르자마자 초음파센서를 물에 담가 호수 지형을 파악했다.

"닥터 최. 낚시 포인트는 찾았어?"

"그럼요. 바위 많이 깔린 쪽이 딱 나오네요. 박 변호사님은 어디서 시작할지 정했어요?"

"고민 중이야. 2짜 잡을 곳은 넘쳐나서."

하비 박은 이 호수에 대해 사전조사를 철저히 끝마치고 온 자신이 어탐기 따위에 의존하는 최허준에게 밀릴 리가 없다고 자신했다.

"많이 낚아. 닥터 최."

"박 변호사님도요."

그때였다.

자연 속으로 나오자마자 물에 낚싯바늘 담가볼 생각부터 하는 꾼과 꾼 사이로, 삐그덕 삐그덕 미끄러지는 배 한 척이 있었다.

하비 박과 최허준은 여기가 21세기인지 20세기인지 모를 기분을 느끼게 해주는 허름한 나룻배를 쳐다보다가 눈이 휘둥그레졌다. 노를 저어 나가고 있는 사람이 민호였던 것이다.

놀란 하비 박이 물었다.

"민호 씨. 뭘 하는 거야?"

"이장님 배 좀 빌려봤어요. 한 바퀴 돌고 올게요."

나룻배는 사르르 호수 위로 나아갔다. 하비 박은 구멍이나 가라앉아도 이상하지 않을 배를 뭐가 좋다고 저리 신이

나게 끌고 나가는지 혀를 쯧쯧 찼다.

유유자적.

민호는 고요한 호수 위에서 평화로움의 극치를 만끽하는 중이었다.

잔잔한 호수의 수면에 얼비친, 손에 닿을 것만 같은 산등성이. 계속 보고 있자니 속세를 떠나 자연과 조화를 이루며 사는 것에 대한 매력이 가슴속에 뭉클뭉클 샘솟았다.

"좋구나~"

애장품의 기운이 흐르던 나룻배가 갖춘 능력은 바로 이 호수와 함께해 온 주인, 석태공 어르신의 삶 그 자체였다.

퐁당.

나룻배 위에 누워 솔솔 불어오는 바람을 즐기던 민호는 정적을 깨는 소리에 고개를 들어 올렸다. 최허준이 멀리서 낚싯바늘을 던지고 있는 모습이 눈에 들어왔다.

최허준도 민호를 발견하고 물어왔다.

"민호 씨, 거기서 뭐 하는 거야?"

"자연 구경이요."

이 나룻배의 주인인 석 노인의 느긋함이 민호에게도 고스란히 배어 나왔다.

"뭐 잡으시는 거예요?"

"쏘가리. 민호 씨 쏘가리가 뭔지 알아?"

알다마다.

같은 크기의 배스까지 집어삼킬 수 있는 물속의 맹수. 표범무늬의 아름다운 외관을 가진 녀석의 정보가 민호의 머릿속에 곧바로 떠올랐다.

'가만, 쏘가리라면…….'

댐에 막혀 이곳이 물에 잠기기 전부터 살아온 석 노인의 경험은 어디에 어떤 바위가 있는지, 여울은 어디에서 어디로 뛰는지, 직접 물속을 보지 않아도 민호에게 알려주고 있었다.

"한의사님. 거긴 쏘가리 없을 텐데요."

민호의 지적에 최허준은 '흣' 하고 웃었다. 물고기 모양의 루어, 미노우를 물에 담갔다가 릴을 감는 최허준의 손길은 능숙했다.

"어탐기에는 여기 바닥에 큰 바위가 있다고 나와 있어. 최소 팔뚝만 한 쏘가리가 있을 거라고. 감이 와."

바위가 있긴 하다. 그러나 꺽지가 대부분. 그마저도 영악해서 인조미끼로는 좀처럼 낚을 수 없다는 사실을 민호는 말해 주어야 할까 고민에 빠졌다.

"기다려 봐, 민호 씨. 내가 환상적인 쏘가리 매운탕 먹게 해줄게."

열심히 하는 것에 초를 치고 싶지 않아 민호는 다시 나룻배에 몸을 눕혔다.

그렇게 2시간 정도 흘렀을까?

퐁당. 퐁당.

단잠에 빠져 있던 민호가 고개를 들어보니 이제는 하비 박까지 근처에 합세해서 바위틈을 집중 공략 중이었다.

"뭐, 잡으셨어요?"

민호의 물음에 하비 박과 최허준은 헛기침만 했다.

"여기보다는 저쪽 산골에서 물 내려오는 쪽이 나을 거예요."

이 말에 하비 박은 무슨 소릴 하느냐는 시선을 던졌다.

"민호 씨 낚시 잘 모르잖아. 쏘가리는 이런 큰 바위가 있는 포인트에 산다고. 우리 같은 사람들은 이런 곳을 두고 냉장고라고 하지. 언제든 찾아오면 새로운 물고기가 들어가 있거든. 그것도 근동에서 가장 강하고 커다란."

민호는 이 순간, 낚시꾼에게 낚시에 대해서 참견하는 것만큼 화를 돋우는 건 또 없다는 사실을 이해하고 조용히 노를 잡았다.

"저는 구경 다 했으니 이만 가볼게요."

하비 박은 대답 없이 어서 비키라는 듯 손만 휘휘 저었다.

노를 저어 선착장으로 돌아온 민호는 정서연이 서 있는 것을 보고 그 앞에 배를 멈췄다.

아나운서의 정갈한 복장 대신 굴곡이 드러나는 체육복 스타일의 옷을 입은 정서연. 촬영 때와는 다른 발랄한 매력을 뽐내고 있었으나, 민호는 왠지 손녀딸을 보고 있는 기분이 들어 고개를 흔들었다.

"민호 씨!"

정서연이 허름한 배에서 내리는 민호에게 놀라서 다가왔다.

"그걸 타고 나가셨던 거예요?"

"네, 저 배 보기보다 튼튼해요."

30년이나 이 호수에서 살아온, 자신보다 나이 많은 배를 보며 민호는 씩 웃었다.

"아나운서님은 여기서 뭐 하세요?"

"저 두 분 때문에요. 혜주 언니가 저녁에 매운탕 끓일 수 있는지 물어보라고 하셨거든요. 전화를 안 받으시네요. 전파가 안 터지나?"

"벨소리에 물고기 도망갈까 봐 휴대폰 꺼놓고 있을 거예요."

"아."

고개를 끄덕인 정서연이 민호에게 물었다.

"두 분 고기 많이 잡으셨어요?"

민호는 2시간째 공치고 있는 두 사람을 떠올렸다.

“아직…….”

“으, 저녁 메뉴에서 빼야겠네요.”

“매운탕 먹고 싶어 하는 분 많아요?”

“그럼요. 모처럼 물가에 나온 건데. 동묵 오빠는 아까부터 난리예요. 소주에는 매운탕이라고.”

민호는 나룻배에 흘끔 시선을 던졌다. 매운탕 끓일 작은 고기 정도야 석 노인이라면 가볍게 잡아갈 수 있다.

“어떻게든 해볼 테니 준비해 두세요.”

“이제 4시인데 그게 가능하겠어요?”

“네.”

민호는 정서연이 들고 있던 양동이를 건네받은 뒤 다시 나룻배 위에 올랐다.

“박 변호사님.”

하비 박은 되돌아온 민호에게 시선을 돌렸다. 노를 저어 하비 박의 보트에 바짝 다가선 민호가 말했다.

“낚싯대 남는다는 거 혹시 가져오셨나요?”

“왜 안 물어보나 했네. 근데 이건 대낚시라 쏘가리는 못 잡아. 쏘가리는 이렇게 릴이 달린 낚싯대로 바닥을 긁어줘야 하거든.”

"상관없어요. 바늘은 어떤 거죠?"

민호에게 대를 먼저 건네준 하비 박이 바늘 세트가 담긴 상자를 열고 물었다.

"뭐 잡게?"

"이것저것 잡아 보게요."

"민호 씨는 초보니까 무난한 크기가 좋을 거야."

낚싯바늘과 찌, 무게추와 인조미끼를 넘겨준 하비 박은 최허준이 "잡았어!"를 외친 통에 민호가 바늘을 붙잡자마자 한 손만으로 대와 이어진 줄에 휙 묶어 순식간에 세팅을 끝마친 것을 보지 못했다.

"바늘 다는 건 내가 세팅해 줄……. 어? 언제 단 거야?"

"그냥 하니 되네요. 고마워요, 박 변호사님."

민호는 고개를 숙인 뒤에 노를 저어 사라졌다.

하비 박은 최허준이 뭘 잡았나 유심히 지켜보다,

피라미였다.

피라미는 주둥이가 작아 쏘가리용 루어를 물지 못하나 그런데도 물었다는 것은 엄청 크다는 것을 말한다. 한마디로 괴물 피라미인 것인데, 그래도 피라미는 피라미였다. 크기도 손바닥만 하고.

"귀여운 괴어를 낚았군그래."

"이놈의 피라미가 미쳤나……. 큼."

최허준은 민망한지 헛기침을 했다.

하비 박은 민호가 떠난 뒤 심기일전해 루어를 던졌다. 분명히 이 아래의 포인트에 쏘가리가 사는 것이 느껴지는데도 쉽사리 잡히지가 않았다. 쏘가리는 야행성이라 낮에는 활동 반경이 더욱 작다고 위안을 삼으며 꼬리를 파르르 떨고 있을 루어와 이어진 릴을 감았다.

"밤만 되면 잡을 수 있을 거야."

낚시의 또 다른 재미는 기다림. 하비 박은 그렇게 노을이 질 무렵까지 아무것도 잡지 못하고 시간을 보냈다.

"음……."

하비 박은 뱃속이 꼬르륵거려 일단 돌아가 저녁을 먹은 뒤에 다시 와야겠다는 생각에 다른 이들에게 고개를 돌렸다. 최허준은 이미 선착장으로 돌아가고 있었다.

"응? 강민호는 기껏 낚싯대 빌려 가더니 뭐 하는 거야?"

저 멀리, 배 위에 누워 아무것도 하지 않고 있는 민호가 보였다. 노를 저어 민호의 나룻배까지 다가간 하비 박은 그제야 일어난 민호에게 물었다.

"낚시 안 했어?"

"매운탕거리 잡으려고요."

"그럼 잡아야지 왜 잠을 자?"

"하아암."

늘어지게 기지개를 켠 민호가 말했다.

"거의 다 됐네요."

"뭐가?"

"하루살이들이 물 위로 내려앉을 시간이요."

민호는 산에서 내려오는 맑은 물과 소양호의 물이 만나 여울이 맥동하는 지점을 가리켰다.

"저기 보이시죠?"

해가 질 무렵, 물 위를 날아다니는 하루살이를 먹기 위해 몰려드는 피라미들. 민호는 그 물 반, 고기 반인 수면으로 바늘을 던졌다.

예비군 동전치기 하듯 슬쩍.

툭.

먼지만 한 털 바늘이 수면에 살짝 내려앉았다. 하루살이가 수면에 떨어지는 느낌으로.

물살을 따라 천천히 떠내려가던 털 바늘은 정확히 3초 만에 줄이 팽팽해지면서 미세한 물갈래가 생겨났다. 그 순간, '퐁!' 하고 털바늘이 사라졌다.

민호가 챔질을 한 것도 동시였다.

휘릭!

털바늘을 담그자마자 덥석 문 피라미가 물 위로 솟아올랐다. 능숙하게 피라미를 바늘에서 빼내 양동이에 던진 민호가 다시 수면으로 바늘을 던졌다. 찌도 무게추도 없이, 그저 대의 거리만큼 물 위에 슬쩍 내려주기만 하는 낚시 기술.

그럼에도 플라이낚시를 하는 것만 같은 민호의 동작에는 무척 숙련된 어부의 느낌이 가득했다.

단 1분 동안 피라미 다섯 마리가 양동이에 더 담겼다.

"어이구, 녀석들. 싱싱하네. 조금만 기다려, 친구 더 모아줄게."

아직 숨이 끊어지지 않은 피라미가 살아보겠다고 요동을 치면서 양동이가 텅텅 울렸다. 그 소리가 흡사 굵은 소나기 떨어지는 소리 같았다.

하비 박은 설렁설렁 고기를 낚으면서도 그 안에 여유와 흥이 가득한 민호를 보며 할 말을 잃었다.

"아, 이거 좀 귀찮네."

여섯 번째 피라미를 낚아 양손으로 잡고 바늘을 제거한 후 다시 양동이에 집어넣던 민호가 말했다.

"박 변호사님."

"응?"

"그 집게 같은 것 좀 빌려주세요."

"집게? 이거?"

소형 플라이어를 건네받은 민호가 낚싯바늘을 손에 쥐고 하는 짓을 본 하비 박은 신음을 삼켜야 했다. 낚싯바늘에는 미끼를 문 물고기가 빠져나가지 말라는 갈고리, 미늘이 달려 있다. 민호는 지금 그 미늘을 꾹꾹 눌러 제거하고 있었다.

민호는 낚싯대를 휙휙 돌려보더니, 손목에 있는 시계를 한 번 만지고 그대로 미늘 없는 바늘을 물 위에 던졌다.

피라미가 미끼를 무는 것과 동시에 낚싯대를 탁 당겨버린 민호. 마치 물 위로 스스로 뛰어올라 민호에게 달려드는 것처럼 날아오른 피라미가 그대로 양동이에 골인했다.

그러곤 주둥이에서 바늘이 저절로 쑥 빠져버리는 게 아닌가. 아니다. 바늘은 피라미가 양동이를 향해 날아오는 순간 이미 공중에서 빠졌다. 전혀 손을 대지 않았는데도 말이다.

"어!?"

말도 안 되는 낚아채기 기술. 석 노인의 오래된 경험에 점자시계로 증가한 초절정의 손 감각이 가미된 신기라는 것을 모르는 하비 박은 경악했다.

정확히 15분 뒤.

민호의 양동이는 피라미로 가득 차 더 담을 공간이 없게 됐다.

"이 정도면 다들 매운탕 실컷 먹겠죠?"

아까부터 벌린 입을 다물지 못하고 있던 하비 박은 고개만 위아래로 흔들 뿐이었다. 이게 무슨 그물을 턴 것도 아니고, 환상을 보고 있는 건 아닌가 눈을 비볐다.

"맞다. 그래도 맛 포인트는 있어야 할 테니. 그 낚싯대 좀 빌려 주실 수 있나요?"

민호는 하비 박이 들고 있는 노르웨이산 루어 낚싯대를 가리켰다. 하비 박은 말없이 낚싯대를 건네주었다.

"쏘가리가 바위 밑에 산다고는 하지만 얘들도 성질이 있고, 머리가 있잖아요. 하루살이를 먹기 위해 피라미가 몰리는 이곳은 매우 좋은 서식지죠."

"아까 그래서 이쪽에서 낚아 보라고 말한 거였어?"

민호는 고개를 끄덕였다. 그리고 피라미 밭이었던 장소 바로 옆으로 루어를 던졌다.

"이 호수에 사는 육식 고기 중에 가장 센 쏘가리가 목 좋은 곳을 차지할 가능성은……."

줄을 슬쩍슬쩍 감으며 간을 보고 있던 민호가 재빨리 릴을 돌렸다. 활처럼 팽팽해진 낚싯대를 본 하비 박은 설마 하는 표정으로 지켜보았다.

이윽고, 물 위로 하비 박이 내내 원했던 그 녀석이 올라왔다.

"3, 3짜!"

2kg은 될 것 같은 실한 쏘가리의 모습에 하비 박은 낚시의 고수를 눈앞에 두고, 주제도 모르고 아는 척을 했던 자신이 부끄러워져 쥐구멍이라도 찾고 싶어졌다.

38.
28초 후 (2)

민호가 숙소로 돌아왔을 때는 뒷마당에서 저녁 준비가 한창이었다.

굵은 소금을 뿌린 목살이 숯불에 구워지자 침샘을 자극하는 향긋한 연기가 피어올랐고, 토종닭과 마늘, 더덕이 삶아지고 있는 솥에서는 기름이 동동 떠오르며 개운하고 담백한 향기를 마구 발산했다.

뱃속을 자극하는 음식들에 민호는 절로 시장기가 동하는 것을 느끼며 정서연에게 다가갔다.

텅.

간이 식탁 위에 30㎝ 크기의 쏘가리가 올라오자 야채를 다듬고 있던 정서연이 움찔 놀라 고개를 돌렸다.

"미, 민호 씨."

"쏘가리 등 가시는 뺐으니까 내장만 처리하면 될 거예요. 안에 쓸개는 따로 빼두세요. 동묵이 형이 좋아할 테니. 칼 하나만 빌려 갈게요."

민호는 물고기가 가득 담긴 양동이를 들고 수돗가로 향했다. 피라미는 석 노인의 배에 올랐던 감각이 남아 있는 지금 손수 다듬을 생각이었다.

그가 수돗가에 앉아 피라미를 하나하나 다듬고 있을 때, 소식을 듣고 다른 이들이 몰려들었다. 대형 피라미를 들고 차혜주에게 이걸 라면에 넣어 먹으면 끝내준다고 자랑하고 있던 최허준이 잽싸게 달려와 물었다.

"쏘가리 어떻게 잡은 거래? 나는 꺽지도 구경 못 했구만."

"그거요? 박 변호사님 낚싯대를 빌려서 잠깐……."

민호는 설명하기 귀찮아 대충 대답했다.

"우연찮게 걸렸어요."

"허, 초보의 바늘에 대어가 낚였단 말인가. 낚시가 이래서 재미있어."

수돗가 옆을 슥 지나던 하비 박은 최허준의 한탄을 듣고 고개를 휘휘 저었다.

"닥터 최. 잠깐 이리 와봐."

더 부끄러운 일 당하기 전에 최허준을 불러낸 하비 박은 아까 호수에서 있었던 상황을 그대로 말해주었다.

"미, 민호 씨가요? 그 잡았다던 포인트는 어딘가요?"

"나중에 말해 줄게."

두 사람은 민호를 함께 지켜보다 건물 안으로 사라졌다. '부러우면 지는 거다. 자신들도 잡을 수 있다'라고 마음을 다잡으며.

"민호 형! 와, 이게 몇 마리래요?"

정서연의 심부름으로 물을 받으러 온 김 코디가 눈이 휘둥그레져 민호 옆에 앉았다.

"시완이 너 매운탕 좋아해?"

"저야 없어서 못 먹죠. 좀 도와드릴까요?

"아냐, 거의 다 했어."

배를 갈라 내장을 꺼내고 비늘을 휙휙 긁어내기까지 채 3초가 걸리지 않는 마법 같은 손놀림에 김 코디는 감탄했다.

"민호야! 우리 민호야!"

운동장에서 마을 아이들이랑 한창 축구를 하고 있던 장동묵도 소식을 듣고 한달음에 달려왔다. 달려온 장동묵이 입술을 쭉 내밀며 뽀뽀를 하려 들었기에 민호는 황급히 손질한 고기가 담긴 양동이를 김 코디에게 내밀었다.

"이거 정 아나운서님 가져다 드려."

"네, 형."

민호가 건물 안으로 줄행랑을 치자 장동묵이 따라붙었다.

"어디 가! 이 형아의 사랑을 받아 줘!"

즐거운 저녁 시간.

간이 식탁에 30여 명의 인원이 둘러앉았다. 화젯거리는 단연 민호가 잡아온 물고기였다.

"이 쏘가리 쓸개즙을 소주에 타 먹으면 아무리 먹어도 다음 날 멀쩡하다 이거야! 보약이야, 보약."

장동묵은 민호에게 윙크하며 소주잔을 들어 올렸다.

"백 선생님 없어서 하는 말인데, 민호 너 꼭 우승해라. 민호의 우승을 위하여!"

이 말에 공 매니저가 "옳소!" 하고 잔을 들어 올렸다. 진규는 코웃음을 쳤으나 잔을 슥 들어주긴 했다.

공기도 맑고 분위기도 좋은 밤.

탁자 위의 음식이 다 사라질 때까지 흥겨운 저녁 식사는 계속 이어졌다.

오후 11시가 되자 뒷정리가 끝나고 저마다 즐길 거리를 찾아 삼삼오오 모여 앉았다. 하비 박과 최허준은 야간낚시를 떠났고, 나머지는 대부분 숙소의 방에 들어가 웃고 떠들기에 바빴다.

5개의 교실이 있는 2층의 한 방에서는 진규와 장동묵, 이상철이 벌이는 화투판이 한창이었다. 구석의 창가에 책상을 침대처럼 붙여놓고 누워 있는 민호는 책을 보는 중이었다.

착!

장동묵이 화투 뒤패를 맛깔난 소리와 함께 가져가자 진규는 한숨을 푹 내쉬었다.

오늘은 뒤패가 잘 안 맞는 날. 게다가 장동묵은 피를 차곡차곡, 광도 2개째 획득한 상황이었다. 척 봐도 쓰리고가 나올 각이었다.

먹을 것은 단 두 개. 모두 다 첫출이었다.

'쌀 위험이 있어.'

그러나 위험을 감수하지 않으면 광박과 피박, 둘 중 하나는 걸려 버린다. 이상철이 장고하고 있는 진규를 째려보며 말했다.

"화투 치는 사람 어디 갔나?"

"후, 싸늘하다. 가슴에 비수가 날아와 꼽힌다."

"꼭, 못 치는 애들이 그 흉내 내더라."

진규는 에라 모르겠다. 패를 한 장 손에 들었다. 그리고 내려쳤다.

착!

"쌌다! 유후~"

장동묵이 휘파람을 불며 방금 진규가 싸놓은 화투패의 나머지 1장을 이마에 붙였다.

"쓰리고~ 광박에~ 피박~"

노래까지 불러제끼는 장동묵에 진규는 신음을 삼켰다. 이후 이어진 판은 예상대로 장동묵이 승리를 거머쥐었다.

"24, 25, 26점! 진규 너 광박, 피박! 난 쓰리고."

한 판에 2만 원이 나가 버렸다. 진규는 비명을 지르며 일어섰다.

"으아아! 머리 좀 식히고 올게요."

"어딜, 이거 하고 가."

그런 진규를 이상철이 막았다.

"상철이 형, 저 지금 감이 안 좋아서 하면 잃어요."

"감 좋으면 따나? 나도 이 판에 만 원 나갔어."

진규는 아무래도 담배 한 대가 절실했기에 구석에서 진짜로 공부를 하는 민호에게 시선이 머물렀다.

"야, 민호!"

"응?"

"5분만 대신해 주고 있어."

민호는 흘끔 판을 바라보더니 말했다.

"한 판에 게임 끝날 수도 있는데."

"총알 많으니까 괜찮아. 그리고 동묵이 형 이번 판에 운다 써서 잘 나봤자 5점이야."

장동묵은 수북이 쌓인 동전과 지폐를 정리하다 '과연 그럴까?' 하고 픽 웃었다.

"아무튼, 한 판만."

"알았어."

민호가 책을 덮고 진규의 자리에 앉았다.

진규는 화장실에 들렀다가 옥상에 올라가 담배를 한 개비 손에 쥐었다.

"후우. 동묵이 형 꾼인 걸 몰랐네."

아무리 점백의 친선 화투라지만, 이런 데 나오면 따 줘야 기분도 좋다.

"좋아! 이제부터 쓸어 담아보는 거야!"

드르륵.

2층의 숙소 문을 열고 화투판에 시선을 던진 진규는 눈앞에 펼쳐진 상황을 보고 눈을 비벼야 했다.

"38, 39, 40. 아, 광 5개는 몇 점으로 계산하죠? 가만있자, 포고에 시작할 때 흔들었으니까……. 동묵이 형. 피박 맞죠? 왜 가리고 그래요."

"짜샤, 안 가렸어! 에이, 더러워서. 퉤퉤. 얼마야?"

민호는 계산을 끝내고 말했다.

"잔돈은 딱 잘라서 동묵이 형 12만 원, 상철이 형 6만 원

주세요.”

점백으로 치른 화투에서 이 무슨 말도 안 되는 판돈을 얘기하는지 후다닥 달려간 진규는 오광에 고도리에 쌍피까지 싹 쓸어 담은 민호를 보고 어안이 벙벙해서 물었다.

“어, 어떻게?”

“두 번째 판에 운이 좋았어.”

민호는 회중시계를 주머니에 넣으며 다시 창가로 다가갔다. 첫판에 3점으로 바로 스톱. 두 번째 판에 선을 잡아 화투를 섞으며 유리한 패가 왔을 때 멈춰, 그대로 패를 나눠주는 것은 민호에게 그다지 어렵지 않은 일이었다.

“하아암~ 졸리네. 내일 일찍 일어나서 봐야겠다.”

호리병을 손에 들고 안에 담긴 액체를 한 방울 넘긴 뒤에 책상 위에서 잠을 자기 시작한 민호.

“저거 타짜 아니야?”

“아무리 봐도 타짜야. 내 패가 뭔지, 뭐가 뒤집어서 나올지 아는 눈치였어.”

장동묵과 이상철의 중얼거림. 진규는 저 민호를 광 팔라고 꾀어서 치려고 했다는 것에 등줄기에서 식은땀이 흘러내리는 것을 느꼈다.

"민호! 강민호!"

취화정 한 방울에 깊은 잠에 빠져 있던 민호는 몸을 거칠게 흔들어 깨우는 소리에 눈을 떴다. 창밖을 보니 아직 한밤중.

정신을 제대로 차리지 못하는 민호의 눈에 플래시 라이트가 비쳤다.

"어때요?"

"민호는 괜찮아 보이는데요?"

소란스럽게 웅성거리는 소리에 민호는 잠에 취한 목소리로 물었다.

"으음, 왜 깨운 거야?"

진규가 다가왔다.

"너 눈 안 가려워?"

"눈?"

민호는 자리에서 일어나 주위를 돌아보았다. 이 방 안에서 잠을 자고 있던 인원 전부 일어나 거울을 보며, 상대를 보며 눈을 확인 중이었다.

"여기 눈병이 돌고 있어. 낮에 걸린 거 같은데 지금 동묵이 형이랑 몇 사람 눈 시뻘게져서 다른 방에 있어."

'눈병?'

갑작스러운 이야기에 놀란 민호가 서서히 정신을 차리고 있을 때였다.

"여기! 눈이 충혈됐어!"

누군가의 지목과 함께 이상철의 매니저 홍종방 실장이 고개를 휘저었다.

"나도 걸린 건가? 에휴."

드르륵!

문이 벌컥 열렸다.

"누구야 누구!"

이십 대 후반의 도도한 표정의 여인, 차혜주가 날카로운 눈으로 홍 실장을 바라보더니 말했다.

"이동해요."

"아직 기미만 보이는데……."

"이봐요! 급성 출혈 결막염은 전염성이 엄청나다는 거 몰라요?"

홍 실장이 밖으로 나갔다.

민호는 출혈 결막염이라는 말에 흠칫 놀랐다. 학창 시절, 일부러 조퇴를 받기 위해 눈병 걸린 아이들의 눈에 일부러 손을 비벼댄 친구들이 떠올랐기 때문이었다. 잠복기가 8시간에서 48시간인 이 눈병은 확실히 전염성이 뛰어났다.

차혜주가 복도에서 소리쳤다.

"거기 막 움직이지 마세요! 감염자는 5반 교실! 비감염자는 1반 교실! 모두 자리를 지켜!"

새벽 2시.

민호가 잠을 자고 있었던 1반 교실에 대략 스무 명의 사람이 모였다. 다들 걱정스럽다는 듯 5반 쪽을 흘끔거렸다.

"어디서 걸린 거야!"

"몰라, 나도 병나면 어떡하지? 월요일에 스케줄 있다고."

보름 뒤 드라마 촬영을 앞두고 있다는 배우 윤수원은 티셔츠로 복면처럼 얼굴을 꽁꽁 싸맨 채 구석에서 안절부절못하고 있었다.

"민호 씨."

혼란스러워하는 사람들 틈에서 2반에서 취침 중이던 공 매니저가 달려왔다.

"괜찮으신 겁니까?"

"아직은 별 증상 없어요. 시완이는요?"

"글쎄요. 코디들이랑 한잔한다고 나갔는데 안 보이네요."

저녁 식사 때 다 같이 어울린 데다 전염성이 심한 병이니만큼, 지금 무사하다고 해서 방심할 수가 없었다. 공 매니저도 그것을 알았는지 주위의 눈치를 살피더니 민호의 손에 손가락만 한 병 하나를 쥐어주었다.

"제가 평소에 안구 건조증이 있어서 사용하던 겁니다. 일단 이거라도 뿌리세요."

인공눈물이 담겨 있는 병.

"고마워요."

민호는 받아 들고 눈에 살짝 뿌렸다. 억지로 깨어나 피로했던 눈이 조금 개운해지는 느낌이었다.

"아니, 밤중에 이게 무슨 난리란 말입니까? 민호 씨와 매니저님은 괜찮으신 거죠?"

갑작스러운 사태에 난감해하고 있던 이번 야유회의 주최자 이보일 CP가 다가왔다.

드르륵.

교실 문이 열리고, 5반에 다녀온 차혜주와 진규가 들어왔다.

"홍 실장님 어때요?"

"동묵 씨는 아주 심하던데."

민호도 김 코디의 상태가 궁금하여 물어보려 했으나, 차혜주가 "잠시만요" 하고 손을 들어 올려 모두의 말을 멈추게 했다.

"진규 씨가 새로운 정보 하나를 알려 줬어요."

진규가 헛기침을 하며 앞으로 나섰다.

"낮에 안대를 하고 돌아다니던 마을 꼬마를 봤습니다."

웅성웅성.

"오후에 꼬마들이랑 축구를 했는데, 그때 같이한 멤버는 위험해요."

가장 신나게 뛰놀았던 장동묵이 첫 발병을 했으니 진규의 말은 신빙성이 있었다.

"으익, 진짜?"

얼굴을 칭칭 감고 있었던 윤수원이 이 말에 티셔츠를 풀었다.

"어어? 수원 씨."

그의 왼쪽 눈동자가 벌겋게 달아올라 있음을 확인한 사람들이 놀라 물러섰다.

"이쪽으로 오지 마!"

"저리, 저리 가요!"

감염된 인원이 바로 옆에 있다는 것을 확인하자 사람들이 소스라치게 놀라 물러섰다. 윤수원과 동갑이며 '더 스마트' 탈락 직전까지 친하게 지냈던 정서연 아나운서마저도 고개를 저으며 물러났다.

"죄송해요. 주간에만 고정이 3개라."

NTV의 간판 아나운서답게 몸 관리는 철저히 해야 한다는 정서연의 말은 이 방의 연예인뿐만 아니라 직장이 있는 모든 이들의 공감대를 형성했다.

전염성 높은 눈병에 걸린다는 것 자체가 사회생활에는 마이너스 요소. 아무리 같이 온 절친이 눈병이 났어도 본인만은 걸리지 않았으면 하는 마음이 되는 것이 대다수의 솔직한 심정이었다.

"수원 씨. 가 주세요."

윤수원은 "나도 이번 주에 대본 리딩 있는데"라고 한탄하며 교실 밖으로 나갔다.

"다들 진규 씨 말 들으셨죠? 마을 아이들과 축구 하신 분들도 같이 나가 주세요. 수원 씨처럼 갑자기 발병되면 감염되지 않은 사람들에게 폐가 될 수 있으니까요."

하비 박에게 휘말려 1회전에서 탈락했던 차혜주는, 실제로는 강단 있고 똑 부러지는 여인이었다. 그녀의 칼 같은 음성에 축구를 했던 매니저 두 명이 윤수원의 뒤를 따라 나갔다.

진규는 민호의 옆에 쥐 죽은 듯이 서 있던 이보일을 가리켰다.

"저……. CP님도 하시지 않았나요?"

이보일이 움찔했다.

"저는 가려운 증상도 없고, 멀쩡합니다. 축구 끝나자마자 손도 잘 씻었어요."

부인하는 이보일에게 차혜주의 냉담한 시선이 머물렀다.

"잠복기는 사람마다 달라요. 저희 다 감염시키실 셈인가요?"

잔말 말고 가라는 차혜주의 서릿발 같은 눈길에 이보일은 어쩔 수 없다는 듯 앞으로 나섰다. 지인이고 뭐고 걸리면 아웃. 그것이 이 방을 지배하는 규칙이었다.

이보일이 움직이자 그를 보필하던 NTV의 방송 스태프들도 움직이려 했다.

"아냐, 아냐."

이보일이 손을 들어 막았다. '너희라도 살아야지'라는 이보일의 뜻에 예능부 막내 PD 조우식이 눈물을 머금고 물러섰다.

"아, CP님. 기다려 보세요."

차혜주는 증상이 없는 사람들에 대해서는 따로 조치가 필요하다 싶어 이보일에게 말했다.

"3반 교실로 가세요. 발병한 것 확인되면 바로 5반으로 이동하시고요. 축구 하신 다른 분들도 눈병 의심 증상이 없다면 3반으로 가 주세요. 대부분 방송관계자니까, 아침까지는 서로 접촉하지 않도록 해요."

바이러스성 병이 돌자마자 분리조치. 확진 시 재격리. 체계적이고 능동적인 차혜주의 지시에 사람들은 안도감을 느꼈다. 똑 부러지는 면에 결단력까지 겸비한 듯한 그녀의 모습은 리더의 표상과도 같았다.

'저런 게 방송에 나왔으면 1회전 때 투표 상금 높게 받으셨을 텐데.'

프로그램 속에서와는 전혀 다른 모습에 민호는 감탄했다. 그리고 착착 정리되어 가는 모습에 일단 한숨을 놓았다.

눈병이 확실한 장동묵과 황 실장, 윤수원은 5반. 발병이 의심만 되는 이보일과 두 사람은 3반. 그리고 나머지는 1반에 모여 있는 상황.

"민호야."

진규가 민호에게 다가섰다.

"야간 낚시 간 박 변호사님이랑 허준 형한테 문자 왔는데 괜찮다네. 너도 호수에만 온종일 있었으니 괜찮지 않을까?"

"그래?"

듣던 중 반가운 소리였다. 정말 동네 꼬마에게 옮아 축구를 한 사람만 위험한 것이라면, 상대적으로 안전할 테니 청결만 유지하면 될 것이다.

그렇게 모두 한시름 덜었다고 생각했을 때였다.

"꺄악!"

정서연의 비명에 모두의 고개가 돌아갔다. 그녀는 방송인 이상철의 눈이 시뻘겋게 달아오른 것을 보고 뒷걸음질쳤다.

"누, 눈병이……."

민호는 진규에게 '저 형님도 축구 했느냐?'라는 눈빛을 보냈다. 진규는 고개를 흔들었다.

이상철의 발병에 모두 공황에 빠졌다. 누가 어디서 어떻게 걸렸는지가 모호해지는 순간, 눈병이 이미 전염됐을지 모른다는 공포감이 엄습한 것이다.

차혜주가 이상철에게 일정 거리를 유지한 채로 물었다.

"상철 씨. 어떻게 걸린 건가요?"

"나도 모르겠어. 낮술을 까고 속이 안 좋아서 계속 잠만 잤다고. 아까 저녁에 일어나서 화투 친 것밖에……. 설마 동묵이한테 옮았나!"

이 말에 화투를 함께 친 진규와 두 판에 참여했었던 민호도 움찔했다.

"상철 씨는 5반으로 가세요. 그리고 화투 같이 친 분들은 3반으로 가 주세요."

민호는 '크음' 하고 고개를 흔들 수밖에 없었다. 당장은 눈에 아무런 이상이 없지만, 혹여 바이러스가 묻었다면 언제 발병할지 모를 일이었다.

"공 매니저님. 저 3반으로 가야 할 것 같아요."

"민호 씨……."

단지 옆 반으로 옮기는 것뿐인데 어디 오지로라도 떠나보내는 듯한 표정이 된 공 매니저는 결심했다는 듯 말했다.

“같이 가겠습니다.”

“아니요. 아직 걸렸다 확신은 못 하잖아요. 공 매니저님까지 괜히 걸리시면 제가 더 미안하죠.”

“손은 되도록 눈과 가까이 움직이지 마셔야 합니다.”

“걱정하지 마세요.”

이상철이 5반으로. 민호와 진규가 3반으로. 1반에는 이제 십여 명의 인원만 남았다.

“혜주 언니, 저희 내일 배 뜨기 전까지는 안전하겠죠?”

정서연의 질문에 차혜주는 모르겠다는 듯 고개를 흔들다 밖으로 나가고 있는 민호의 등에 시선을 던지고는 묘한 미소를 흘렸다.

민호와 진규가 3반 문을 열고 들어가자 한쪽에 둘러앉아 맥주를 마시고 있던 이보일과 매니저 두 명이 흠칫 놀라 고개를 돌렸다.

“그냥 있기 적적해서 말입니다.”

이보일이 멋쩍은 웃음을 짓다가 두 사람에게 캔을 내밀었다.

“두 분도 한잔하실래요?”

“술이 약해서요.”

민호는 거절하고 창가 쪽에 자리를 잡았다. 술 좋아하는 진규도 이 밤에는 마실 기분이 아닌 터라 거절하고 민호의 옆에 앉았다.

“미안하다. 괜히 화투 쳐달라고 해서.”

“아직 걸린 거 아니잖아. 그리고 미안하면 아까 딴 돈이나 내놓던지.”

이 말에 진규가 멈칫했다.

“다 잃었어. 동묵이 형한테.”

“18만 원을?”

진규는 고개를 푹 숙였다.

“그 형, 의외로 꾼이더라고.”

“네가 의외로 호구는 아니고?”

민호가 아픈 곳을 찌르고 들어오자 진규는 끙 하고 신음하다 재빨리 말을 돌렸다.

“그나저나 눈병 이거 장난이 아니네. 네 사람이나 걸리다니.”

“그러게.”

민호는 아까 공 매니저가 건네준 인공눈물 병을 만지작거렸다. 그것을 본 진규는 씁쓸한 얼굴로 말했다.

“내 매니저는 나 나가는데 아는 체도 안 하더라. 코디는 살아서 보제. 제길. 무슨 죽음의 병균에 옮았나, 내가?”

함께 온 식구들을 디스하는 진규를 보며 민호는 피식 웃었다.

한동안 어두컴컴한 밖을 내다보며 저녁 내내 외운 영어문장을 되새기고 있던 민호는 슬슬 졸음이 밀려오는 것이 느껴졌다. 진규도 옆에서 하품을 하며 연방 입을 두드렸고, 이보일과 매니저 두 사람은 맥주 흡입을 끝내고 아예 바닥에 이부자리를 펴 쿨쿨 잠을 자고 있었다.

현재 시각 새벽 2시 30분.

취화정만 있다면 아침까지 단잠을 잘 수 있기에 민호는 짐이 있는 1반에 잠시 다녀오려고 일어났다. 그러던 중, 복도 쪽에서 소란스러운 목소리가 들려왔다.

"아니, 물 좀 넘겨 달라고!"

"전화로 하지 밖으로 나오시면 어떡해요!"

"어차피 누군가는 받으러 와야 하잖아. 물 몇 병 주는 게 그리 어렵나! 왜 그리 까탈스럽데?"

장동묵과 차혜주가 다투는 목소리였다.

민호는 앞문을 열고 고개를 내밀었다. 언성을 높인 부분 외에는 대화가 들리지 않아 손목의 점자시계를 터치했다. 장동묵이 1반의 복도 창문 근처에 서서 안쪽을 향해 입을 열었다.

"혜주 씨. 내가 무슨 죄인이야? 그냥 아폴로 눈병 걸린 것

뿐이야."

"그래도 비감염자는 배려해 주셔야죠."

"호흡으로는 안 걸려. 내가 이렇게 눈만 안 비비면 된다고."

얼굴을 창문으로 들이대려는 동작을 선보이자 안쪽에서 비명이 들려왔다.

"장난이야, 장난."

"아무튼, 생수는 힘들어요. 감염경로를 찾아보니 여기 물도 의심스럽더라고요. 일반 수도가 아니라 지하수를 탱크에 받아놓은 고인 물이잖아요."

"저 안에서 손 닦고 있는 애는 뭐야?"

"깨끗한 생수로 소독 중이에요. 예방은 철저히 해둬야죠. 생수는 저희도 부족하니까, 동묵 씨는 그냥 수돗물 사용하세요."

"뭐? 이미 버린 몸 계속 버리라 이거야?"

장동묵의 외침에 차혜주의 한숨 소리가 이어졌다. 이윽고, 창문이 열린 뒤 2리터짜리 생수병 하나가 밖으로 나왔다.

"이걸로 남자 다섯이 밤새 버티라고?"

"배려 좀 부탁해요. 동묵 씨가 가장 먼저 걸리셨잖아요."

"누군 걸리고 싶어 걸렸나!"

탁.

생수병을 거칠게 낚아챈 장동묵은 씩씩거리며 복도를 걸어 5반으로 향했다. 문밖으로 고개를 내밀고 있던 민호는 장동묵의 양쪽 눈이 새빨갛게 충혈된 것을 보고 그도 모르게 움찔했다.

특수 분장이라도 한 것처럼 그로테스크한 눈빛은 아무리 평소 개구쟁이같은 분위기의 장동묵이라도 무시무시하게 만들어 주었다.

"민호 넌 뭐야? 왜 3반에 있어?"

장동묵의 물음에 민호는 머리를 긁적이며 대답했다.

"감염인지 아닌지 애매한 사람은 3반에 있어요."

"어? CP님도 여서 주무시네. 심심하면 이리 와. 형들이랑 화투나 치자."

"아니요. 아침에 봬요, 형."

3반 안에 흘깃 시선을 던진 장동묵이 5반으로 사라졌다.

꾸벅꾸벅 졸고 있다가 이제 정신을 차리고 다가온 진규가 무슨 일이냐는 듯한 눈길을 보냈다.

"동묵이 형이랑 차혜주 씨랑 싸웠어."

"그래? 아까도 5반에서 티격태격하셨는데."

민호는 저렇게 극렬히 접근을 차단하려 드는데 1반에 다녀오겠다는 생각을 접을 수밖에 없었다.

'그냥 자야겠네.'

최상의 컨디션만 유지 못 한다 뿐이지 아침까지 숙면을 취할 이부자리는 널려 있었다. 이 생각으로 창가 쪽으로 돌아오는데, 증가한 청각 탓에 5반 쪽의 대화 소리가 여과 없이 전해졌다.

"상철이 형. 완전 속은 거 같아. 내 코디도 전혀 모르는 눈치야. 그 순진한 눈망울. 이 맛에 몰카 한다니까. 으흐흐."

"차혜주 씨 연기 장난 아니더만. 1반 사람들 확 휘어잡았어."

민호는 멈칫했다.

'무슨 말이지?'

창가 쪽에 앉아 자세히 귀를 기울였다.

"천 PD님 문자 왔는데, 상황을 좀만 더 몰아쳐 보래. 결승 나가는 사람이 당해줘야 특집 이벤트 때 쓸 게 많다고. 아, 백 선생님 안 오신 게 아쉽네."

"백 선생님이야 눈치가 끝내 주시잖아. 야유회 가자고 천 PD가 섭외할 때부터 알아채셨을걸?"

"그건 그래. 몰카는 어리벙벙한 사람들이 당해줘야 제맛이지."

민호는 팔에 소름이 돋아나는 것을 느꼈다.

'짜고 속이고 있다고, 지금?'

그 얘기는 지금 이 3반 안에도 카메라가 숨겨져 있다는 말이었다. 눈만 살짝 움직여 방 안을 훑던 민호는 과연, 교실 구석진 곳에 무인카메라의 렌즈가 교묘히 숨겨져 있는 것을 보았다.

'몰래 카메라라…….'

공 매니저에게 몰카 대응 매뉴얼은 따로 들은 적은 없어도, 한 가지만은 확실히 알고 있었다. 알아채려면 확실히 초장에 알아채고, 속으려면 끝까지 속아줘야 한다는 것. 그래야 방송도 살고 재미도 산다.

"민호야. 난 졸려서 자야겠다."

진규는 책상 위에 이부자리를 펼친 채 크게 하품을 했다. 5반에서 어떤 무시무시한 대화가 오고가는지 전혀 모르는 눈빛.

'가담한 건 차혜주 씨랑 5반에 있는 전원인가?'

드르륵.

민호는 1반 문이 열리는 나오는 소리에 또 무슨 상황을 꾸미는지 궁금해졌다. 속일 대상은 깨어 있는 채로 1반에 모여 있는 이들과 3반에 있는 자신들이었다.

곧, 민호의 예상대로 5반 쪽에서 언성이 높아지는 소리가 들렸다.

"어차피 주무실 거잖아요."

"우리가 바이러스야? 고작 눈병 걸렸다고 문을 잠그겠다는 게 말이 돼?"

"저희 간판 아나운서 눈병 걸리면 저희도 끝장입니다. 조금만 이해해 주세요."

"배려, 이해. 그걸 하니까 우리가 여기 모여 있는 거 아니야!"

"차혜주 씨 지시도 있고. 잠그겠습니다."

"그만 둬!"

철컥. 철컥.

"혜주 씨가 여기서 무슨 법이라도 되나? 내 참, 보자보자 하니까!"

첨예하게 대립하는 소리에 이어 '쾅!' 하고 문이 열리는 소리가 들려왔다.

"니들도 걸려 봐야 이 괴로움을 알지!"

"으앗!"

"동묵 씨, 진정해요!"

깜빡 잠들어 있던 진규가 이 소란스러움에 번쩍 눈을 떴다.

"뭐야, 민호야?"

민호는 진규의 얼굴을 보자마자 결심을 굳혔다. 당황해하는 저 모습은, 같이 몰카를 겪고 있음에도 계속 보고 싶을 만큼 중독성이 심했다. 장동묵 편에 서서 같이 속이고 싶을 만큼 말이다.

몰래 카메라는 당해주고 난 뒤에 '아, 형! 깜박 속았잖아요!'라고 외치는 편이 카메라에 많이 나오고 시청자의 반응도 좋다.

'잠깐만 맞장구 쳐주지, 뭐.'

눈에 특수 약품을 뿌리고, 연기까지 몰입감이 들 정도로 철저히 준비한 몰카를 단박에 파악하는 것도 미안한 일이니까.

"진큐야, 큰났다. 5반에 난리 난 거 같아."

"난리?"

진큐가 벌떡 일어나 문을 열고 달려 나갔다. 민호도 그 뒤를 이어 복도로 나와 5반에서 벌어지고 있는 일을 지켜보았다.

장동묵이 문을 박차고 나와 NTV의 방송 스태프 하나를 붙들고 눈을 들이대는 모습이 보였다.

"제발요!"

"동묵 씨!"

장동묵이 자신의 눈가를 슥 훔치는 척하고, 손을 스태프의 얼굴에 마구 비비자 진큐는 신음을 삼켰다.

"헐……."

시뻘건 눈의 장동묵이 저리 나오자 다른 두 스태프는 혼

비백산 복도를 달려 1반 쪽으로 뛰어갔다. 두 스태프도 몰카 상황이라는 걸 전혀 인지하지 못할 정도로 리얼한 습격이었다.

"막내 PD네. 어때? 시원하지?"

장동묵에게 당한 스태프, 조우식은 그 자리에 얼어붙어 움직이지 못했다. 장동묵은 흘끔, 복도에 우르르 나와 있는 사람들을 살피더니 조우식에게 뭐라 귓속말을 던지고 5반으로 밀어 넣었다.

"눈병 동료가 된 걸 환영한다."

이상철이 뒤늦게 5반에서 나왔다.

"동묵아. 화투 치다말고 뭐하는 짓이야?"

"이것들 하는 게 마음에 안 들어."

"승질 하고는."

하고 대화하는 두 사람은 이쪽을 무슨 괴물처럼 바라보며 손가락질 하는 사람들을 마주하고 몰래 카메라가 대성공했다는 확신을 가졌다.

민호는 증가한 청각이 사라지기 직전, 5반 안에서 윤수원이 조우식에게 특수 안약을 눈에 넣어주는 소리를 들었다.

"저게 무슨 일이래?"

진규는 잠이 완벽히 달아난 표정이 되어 민호에게 바짝 붙었다.

"동묵이 형 많이 열받으셨나 봐."

"진정 좀 하시게 말려야겠어."

"조우식 PD꼴 나게?"

"진규, 넌 친하잖아."

민호는 진규의 등을 슬쩍 5반 쪽으로 떠밀었다. 소스라치게 놀란 진규가 등을 바르르 떨며 물러났다.

"얌마!"

그사이, 장동묵과 이상철은 누구나 들을 수 있게 소리쳤다.

"걸린 것도 서러운데 우릴 좀비 취급해!"

"그러게! 놀러 나왔으면 다 같이 놀아야지!"

특수 약품으로 과장된 눈 덕분에 장난인지 광기인지 모를 그 무언가가 장동묵과 이상철의 눈에서 번뜩였다.

"상철이 형. 생수 찾으러 가실라우?"

"생수?"

장동묵과 이상철이 시선을 교환했다. 그리고 갑자기 복도를 달리기 시작했다.

다다다닥!

장동묵과 이상철이 손에 바이러스를 잔뜩 묻히고 돌격하는 모습에 진규가 경악했다.

"피해!"

3반 안으로 피신하는 진규. 민호도 그 뒤를 따랐다. 장동묵과 이상철이 3반을 지나쳐, 사람들이 떼로 몰려 있는 곳으로 돌진했다.

"뭐예요!"

"그니까 가만있는 우릴 건드리지 말았어야지!"

"동묵 씨, 미쳤어요!"

"다 같이 걸리자. 맘 편히 있자고!"

아비규환. 사방으로 도망치는 소리가 들려왔다. 진규가 안색이 변해 민호를 돌아보았다.

"끄아. 이게 뭔 난리야. 어쩌지? 나 다음 주에 스케줄 있어. 눈병 걸리면 끝장이야!"

저 손에 닿아봤자 아무것도 걸리지 않을 테지만, 민호는 진규의 놀람에 맞장구를 쳐주었다.

"여기 있다가는 당할 것 같아."

"밖으로 나가자."

민호와 진규가 복도로 뛰어 나왔을 즈음에는 1반에서 도망쳐 나온 사람들로 정신이 없었다. 먼저 계단에 도착한 이들은 아래층으로 내려가려다 윤수원과 황 실장이 떡하니 가로막아 어찌할 바를 몰라 했다.

"전부 눈병 걸려서 편하게 자자고! 크하하하하!"

닥치는 대로 사람들을 붙잡아 눈을 들이대는 척하고 있던 장동묵의 외침에 진규는 혼란에 빠졌다.

"개판이잖아!"

언젠가 보았던 좀비 영화 속에서 난장판이 벌어져 사람들이 도주하는 장면과 별반 다르지 않아 보이는 광경이었다. 그때 깔린 배경음악이 진규의 귓가에 저절로 흘렀다.

민호는 복도 천장에 달려 있는 CCTV인 척하는 카메라가 상황을 전부 찍고 있음을 확인하고 몰카의 끝이 거의 왔음을 깨달았다.

"민호야! 옥상으로!"

필사적으로 도주로를 찾던 진규가 계단을 가리키고 쏜살처럼 내달렸다.

"진규야. 이제……."

이미 사라졌기에 민호는 어쩔 수 없이 계단을 뛰어 올랐다.

덜커덩!

진규가 옥상의 문을 열고 밖으로 뛰어나갔다. 뒤이어 민호가 들어왔다.

"잠깐만요!"

문을 닫으려는데 정서연이, 그리고 차혜주까지 뛰어들었다.

"하아, 하아. 동묵 씨 완전 미쳤어요. 저녁에 술을 얼마나 먹은 거야.”

차혜주가 옥상 문에 기대 가쁜 숨을 몰아쉬었다.

‘음…….’

민호는 몰카에 가담한 차혜주가 나타난 것에 신음을 삼켰다. 천연덕스럽게 상황에 맞는 거짓말을 하는 것을 보니 옥상 쪽에도 카메라가 숨겨져 있으리란 것은 찾아보지 않아도 알 수 있었다.

‘이리로 도망치라고 일부러 아래층만 막은 건가?’

끝났다고 생각한 몰카는 옥상에 주요 인원을 몰아넣는 2차전으로 돌입했다.

['더 스마트 게임' 번외, 출연진 몰카 페이즈 2]

새벽 3시.

쿵! 쿵!

옥상의 문에 대고 아래쪽 상황을 엿듣고 있던 진규는 문이 크게 진동하자 “으악!” 하고 비명을 지르며 앞으로 튀어나왔다. 민호는 연기로라도 쉽게 하지 못할 그 리액션에 놀랐다. 이번 몰카의 주인공은 누가 뭐래도 진규다.

“열어! 열라고!”

옥상 문에 접근한 장동묵이 걸쇠로 걸어놓은 문틈으로 외쳤다.

멀찌감치 물러선 세 사람 때문에 가장 가까이 서 있던 민호가 문 앞에 서서 말했다.

"동묵이 형, 진정해요."

"너 같음 눈이 이 지경에 괴물 취급까지 받는데 진정하게 생겼냐?"

쿵! 쿵!

문을 다시 두드리자 올라와 있던 인원 모두 움찔, 두려움에 몸이 절로 움츠러들었다.

장동묵은 문틈 사이로 민호를 보더니 말했다.

"혜주 씨 내놔. 그러면 너희들은 보내 줄게."

"형, 어떻게 그래요?"

"내놓기만 해."

이 제안에 민호는 새로운 몰카 상황을 연출하고 있음을 깨달았다. 깜박 속고 있는 진규와 정서연은 어안이 벙벙해진 표정이었고, 차혜주는 배우 부럽지 않은 똑 부러지는 연기로 당황스럽다는 얼굴을 하고 있었다.

"이제 안 걸린 건 너희뿐이야. 밤새 그러고 있어봐라."

장동묵이 옥상 아래로 내려가는 소리가 들려왔다.

민호는 다시 점자시계를 터치해 아래층의 대화 소리에 귀를 기울였다. 2층 계단 쪽에서 장동묵과 이상철의 목소리가 들려왔다.

–진규랑 서연 씨는 확실히 속았는데, 민호는 크게 당황 안 하더라고.

–걔도 백 선생님과라 포커페이스야. 속은 엄청 놀랐을걸?

아래층은 상황이 정리되어, 속은 사람은 밖으로 빠진 듯 보였다.

민호는 그 와중에 휴대폰이 울려 발신자를 확인해 보았다. 호수에 나가 있는 최허준이었다.

"네, 한의사님."

–민호 씨, 잤어? 눈병 땜에 난리 났다더니 다들 전화를 안 받네. 잠깐 선착장에 올라와 전화하는 길이야.

"숙소 쪽은 아침까지 안 오시는 게 좋을 것 같아요."

민호는 몰카라는 것을 모르는 사람 입장에서 사정을 설명해 주었다. 전화 너머로 최허준의 헛웃음이 이어졌다.

–동묵이 형 성질은 왜 건드렸데. 내 가방 보면 낚시할 때 응급용으로 가지고 다니는 약이 있거든. 항생제랑 식염수 같은 거. 안약도 있을 거야. 그거 가져다주고 좀 풀어봐.

"그래요?"

–어느 정도는 예방할 수 있을 거야. 식염수로 씻고, 안약 넣고. 난 날 밝으면 갈 테니까. 박 변호사님이 3짜를 잡아서

나도…….

쿵!

다시 문이 흔들려 민호는 급히 전화를 끊었다.

"혜주 씨만 내놓으면 이불이랑 먹을 걸 주겠어. 새벽이라 쌀쌀할걸? 아래는 다들 포기하고 자고 있어. 너희도 자야지."

장동묵의 음성이었다. 이 제안은 달콤했으나 진규는 혀를 찼다.

"혼자 살겠다고 그렇게는 못 하지."

정서연도 동감한다는 듯 고개를 끄덕였다. 민호는 장동묵에게 말했다.

"이제 그만하세요. 화는 충분히 내셨잖아요."

"눈 멀쩡한 네가 뭘 알아?"

이글거리는 장동묵의 붉은 눈은 확실히 보통 충혈된 눈과는 달리 과장스러웠다. 이것이 특수효과인 줄은 알면서도 민호는 섬뜩함을 느껴야 했다.

장동묵이 사라지고, 정서연이 휴대폰을 들고 말했다.

"걱정들 마세요. 지금 CP님한테 전화 중이니까 곧 해결될 거예요."

몰카 찍는 걸 전해 들었다면 당연히 받을 리가 없었으나 민호는 말하지 않았다. 인공눈물까지 챙겨주며 걱정한 공 매니저가 아래층에 있을 것이 분명한데도 지금은 문자 하나 없었다. 방송인 걸 안 이상, 프로페셔널한 방송인다운 모습을 기대하고 있을 터.

'가만.'

민호의 머릿속을 번뜩이는 생각 하나가 있었다.

'기왕 속아주는 거, 제대로 한번 속아줘?'

나중에 방송에서 진규의 리액션 만큼 자신도 주목을 받으려면 민호는 이것이 나쁘지 않겠다 싶었다. 속인 건 자신들인데, 크게 당하는 모습.

'이런 걸 역 몰카라고 하지?'

민호는 옥상 끝 쪽으로 사람들을 불러 모았다.

"여기 밤새 이러고 있을 수는 없어요."

"방법이라도 있어?"

진규는 추운지 팔짱을 낀 채, 조금 기대하는 눈초리로 민호를 바라보았다.

"방금 최허준 한의사님이랑 통화했는데, 응급약을 가지고 다니신다네. 거기에 안약도 있다니까 그거면 눈 아픈 사람들에게 효과가 있을 거야. 이걸로 교섭해 보는 게 어때? 이게 있으면 설령 닿아도 어느 정도는 방비 될 테고."

"그나마 나은 생각 같다. 그런데 허준 형 가방은 어디 있어?"

"1반에."

민호의 대꾸에 진규는 콜록하고 사레가 걸린 듯 기침했다.

"야, 그걸 어떻게 가져와? 내가 동묵이 형 바짓가랑이를 붙잡아도 상철이 형이나 수원 씨가 움직일 텐데."

민호는 옥상을 훑다가 발견한 배전선반을 가리켰다. 옥상에 자리한 전원 차단기. 저것이라면 교실 전체를 암흑으로 뒤덮을 수 있다.

'점자시계의 감각이라면 깜깜해도 어느 정도는 움직일 수 있을 거야.'

진규도 배전선반을 확인하더니 물었다.

"계획은 알겠는데 저 험한 곳을 누가 내려가?"

"일단 나랑 너."

"나도?"

"우리 둘이 가장 빠르잖아."

진규는 두메산골의 새벽 추위에 부들부들 떨고 있는 정서연과 차혜주에게 시선이 머물렀다. 그렇다고 저 둘을 보낼 수도 없는 일이고. 할 사람은 정해진 것과 다름없었다.

민호는 플래시라이트를 킨 휴대폰의 배터리가 거의 다 닳아 있는 것을 보고 불을 껐다.

"불빛이 필요할지 모르니까 배터리 아껴요."

이후 민호의 지시로 작전은 간단히 세워졌다.

두 사람이 내려가기 직전 정서연이 불을 끄고 문을 관리. 차혜주는 2분 뒤에 장동묵을 부르며 교란.

문 앞에 선 민호가 진규에게 말했다.

"내 기척만 듣고 따라와."

달칵.

정서연이 차단기를 내리자 불빛이 나오던 2층이 일순간 정적에 휩싸였다.

"뭐야! 무슨 일이야?"

"깜깜해!"

끼이익.

그사이 옥상의 문이 열리고 그림자 2개가 은밀히 움직이기 시작했다.

"진짜 안 보이네."

진규의 속삭임에 민호는 그의 팔을 붙잡고 계단을 천천히 내려왔다. 민호는 2층에 도착하기 직전, 저 멀리 혼란에 빠져 있는 대화 소리를 엿들었다.

"정전이야?"

"몰라. 발전기가 꺼졌나?"

"이것도 천 PD가 작업한 거야?"

"못 들었는데. 일단 휴대폰 켜!"

"잠깐만, 손전등 어플 좀 찾고."

1반 쪽에서 들려온 소리였다. 복도를 돌아다니는 인원은 없었기에 민호는 눈을 감고 감각만으로 사람들의 기척을 감지해 아무도 없는 2반 교실에 숨어들었다.

종종걸음으로 거뭇거뭇 일렁이는 민호의 그림자만 따라온 진규는 2반 교실에 들어서자마자 안도의 한숨을 내뱉었다.

"와, 민호 너 야간시력 좋다. 나는 내 발도 안 보여."

민호 역시 소리만으로 온 것이었으나 대답 대신 1반의 동향에 귀를 기울였다.

이제 차혜주가 장동묵과 다른 이들의 주의를 끌어주기만 하면 된다. 여기서 차혜주가 협조하지 않는다면 몰카 상황은 전부 끝나겠지만, 함께 있는 정서연이 이상하게 생각해 흐지부지 몰카가 끝날 것을 더 싫어 할 것이기에 협조하리라는 판단이었다.

"장동묵!"

계단 쪽에서 차혜주의 앙칼진 목소리가 들려왔다.

"혜주 씨 나왔네. 항복했나?"

"장동묵. 이 성질 더러운 자식아! 내가 불 껐다. 켤 수 있으면 와 보든지!"

"뭐라!"

민호의 예상보다 훨씬 과격한 대화였다. 진규는 이 대화에도 놀란 신음을 흘렸다.

덜커덩.

1반 교실 문이 열리고, 휴대폰의 불빛을 따라 달려가는 사람들이 있었다. 민호와 진규는 숨을 죽이고 그들이 지나가기를 기다렸다.

"가자."

소리 없이 2반의 앞문을 연 민호는 어둠 속에서 1반의 뒷문을 열고 안으로 진입했다. 휴대폰의 빛으로 방 안을 비추자 짐들이 보였다.

"저거 같은데?"

민호는 최허준의 가방을 찾아 손에 쥐었다. 열어보니 그의 말대로 응급키트가 들어 있었다.

"맞아?"

"응."

진규의 물음에 민호는 고개를 끄덕였다. 진규는 요기할 것과 생수통, 담요를 가방에 담아 어깨에 걸며 말했다.

"후, 생각보다 수월했어."

그렇게 두 사람이 챙길 것을 모두 챙긴 뒤 1반의 뒷문으로 향해 가던 때.

"그런 작전이라고?"

"네, 오빠."

차혜주가 옥상 계단에서 장동묵과 귓속말을 나누는 것이 민호의 귀에 들려왔다.

장동묵이 바로 소리쳤다.

"양동작전 같으니까 아래쪽 체크해 봐!"

두 사람이 달려오는 소리가 들렸다. 진큐는 당황에 빠졌다.

"민호야. 어떡해?"

맞닥뜨리는 상황은 민호도 예측했다. 점자시계만 지니고 있었던 때에는 강제 돌파가 힘들었겠지만, 지금은 본래 집에 있던 유품 전부를 몸에 소지한 상황이었다.

민호는 챙겼던 최허준의 가방을 진큐에게 내밀었다.

"내가 주의를 끌 테니까 진큐 넌 뒤도 돌아보지 말고 달려."

"너는?"

"나도 알아서 피할게."

"얌마. 어떻게 너만 두고 가냐."

"걱정 붙들어 매."

진큐는 영화 속에서 이런 말이 오갈 때 따라오는 익숙한 결말을 알고 있었다. 희생해서 남는 사람은 매번 죽는다.

"시간 없어. 스케줄 있다며? 나는 게임대회 참가라 눈병은 크게 상관없어."

"민호야……."

울먹거리기까지 하는 진규를 뒤로한 채, 민호는 주머니에서 회중시계를 꺼냈다.

찰칵, 째깍째깍.

3분간 벌어질 일들이 머릿속에 떠올랐다 사라졌다.

'좋아.'

드르륵.

민호가 복도 문을 열고 나오자, 달려오던 사람들이 우뚝 멈춰 섰다.

휴대폰의 불빛으로 전방을 비춰보는 이는 장동묵과 윤수원이었다. 장동묵이 비릿한 웃음과 함께 말했다.

"민호, 너였냐?"

"저였어요."

"배고프면 말을 하지. 너한테는 몰래 줄 수 있는데."

"형, 지금이라도 늦지 않았어요."

"아니, 많이 늦었어. 내 기필코 전원 다 눈병 옮게 만들 거야."

장동묵이 눈을 슥 훔친 뒤에 위협적으로 손을 흔들었다. 그 과장스러운 몸짓에 민호는 움츠러들기보다는 담담히 말했다.

"그만하시는 편이 좋을 텐데."

"지금이 딱 재밌거든."

장동묵은 이러며 한쪽 눈을 찡긋해 보였다. 몰카를 하다 못해 즐기는 눈치. 민호는 등 뒤에서 진규가 움직이는 것을 느끼고 이동을 시작했다.

"어딜!"

장동묵이 막아서기 위해 팔을 들었다. 그의 오른팔처럼 행동 중인 윤수원도 민호에게 달려들었다.

민호는 반지를 착용한 채 복도 왼편에 있는 신발장을 박차고 뛰어올랐다. 벽을 달리는 듯한 우아한 동작에 이어 허공에서 빙글 도는 그의 모습에 윤수원은 입을 딱 벌렸고, 장동묵은 팔을 위로 흔들었으나 닿지 않았다.

가볍게 둘을 따돌린 민호가 계단까지 달려가자, 진규도 쏜살같이 튀어 나와 달렸다.

민호는 옥상 쪽에 있던 세 사람이 뛰어내려 오는 것을 보고 누가 몰카에 후반부에 참여하고 있는지를 전부 파악했다.

이상철과 그의 매니저 홍 실장, 조우식 PD였다.

"강민호다!"

그들이 손을 휘둘렀다. 민호는 그들을 피해 계단의 난간에 엉덩이를 올렸다. 주르륵 미끄러지는 민호의 등을 향해 이상철의 팔이 한 뼘 차이로 스치고 지나갔다.

"저거 잡아!"

장동묵을 필두로 다섯 사람이 민호를 추격하기 시작했다.

그러나 1층으로 내려가 현관문을 열고 운동장까지 달려 나가 버리자 그들도 더는 따라오지 못했다.

'이 정도면 진규도 올라갔겠지?'

민호는 옥상 쪽에 시선을 던졌다. 그리고 불빛이 없는 어둠 속으로 뛰어들었다.

장동묵이 운동장에 들어서 사방에 휴대폰의 플래시를 비췄다.

"어디로 튄 거야? 이거 무지 빠르네. 아니, 프로게이머가 운동신경이 이렇게 좋아?"

진규는 한 짐을 들고 가까스로 옥상 문을 통과해 가쁜 숨을 내쉬었다.

"하아, 하아."

"진규 씨!"

얼른 문을 걸어 잠근 정서연이 물었다.

"민호 씨는요?"

"밑으로 도망쳤어요."

진규는 짐을 내려놓자마자 걱정이 가득한 표정으로 옥상의 난간 쪽으로 달려갔다. 아래가 어두컴컴했기에 민호의 종적을 발견할 수가 없었다.

차혜주와 정서연이 담요를 덥고, 식염수로 손을 닦는 사이 진규의 휴대폰이 울렸다.

지이잉.

민호에게서 온 연락이었다. '무사히 도망쳤어. 너는?' 하는 문자에 진규의 얼굴이 밝아졌다.

쿵! 쿵!

"이것들이 다 훔쳐갔어!"

뒤늦게 상황을 파악하고 달려온 장동묵이 옥상의 문을 흔들었다.

"아오, 분통 터져!"

폐교 뒤편, 창고.

'불도 꺼졌는데 귀신 흉내를 내볼까?'

민호는 장동묵을 역으로 놀라게 해줄 물건들을 찾기 위해 학교 주변을 누비다 우뚝 멈춰 섰다.

우연찮게 발견한 창고의 문 안에서 빛이 새어 나오고 있었던 것이다.

'설마.'

문을 열고 들어가니 야간 카메라를 모니터링 중이던 천상중 PD와 '더 스마트'의 익숙한 제작진 몇 명의 모습이 보였다.

"천 PD님?"

"아……. 민호 씨……."

한동안 할 말을 잃은 채 서로를 바라보았다.

광광광!

옥상 문을 거칠게 두드리며 장동묵이 소리쳤다.

"이거 여는 거 시간문제야."

"형, 그만해요."

"진규야. 우리 싹 털렸는데 뭘 그만해."

"안약이 있다니까요. 허준 형이 효과가 좋댔어요. 맞죠, 정 아나운서?"

"다 필요 없다고!"

띠리리릭.

장동묵은 옥상 문을 흔들며 공포감을 조성시키다 휴대폰이 울려 동작을 멈췄다. 이상철과 홍 실장에게 지키라는 눈짓을 보낸 뒤에 계단을 내려왔다.

"여보쇼."

–아직도 날 찾는다고요?

"민호?"

–뭘 원하죠?

"고맙다는 말을 하고 싶어. 너만 아니었으면 1시간 전에 끝날 상황이 이리됐으니."

차혜주가 몰래 문자를 보내오기로는, 지금 옥상 위에는 풍족한 물자와 함께 밤바람을 즐기며 여유 있게 지내는 중이라 했다.

불이 꺼진 이후 재미있는 장면은 건지지도 못했다. 도리어 밖에서 차혜주를 내놓으라고 안달이 나 있는 척하고 있는 자신만 1시간 넘게 고생 중인 것이다. 그렇다고 '몰카였어. 그만 나와~' 하기에는 너무 먼 길을 와버렸다.

—그만하시는 편이 좋을 거라고 했잖아요.

장동묵은 행여 2층에서 민호가 뛰어 올라오진 않을까 슬며시 살펴보았다. 윤수원과 조우식 PD가 2층을 철저히 지키고 있었다.

안심한 장동묵이 말했다.

"아까의 일은 사과하지."

—공식적인 건가요?

"비공식적으로. 너도 알잖아. 차혜주가 날 대했던 방식."

—형이 그런 생각이라면 끊을게요.

"잠깐만."

장동묵은 회심의 미소를 지은 채 말했다.

"이거 다 몰카야. 눈병은커녕, 다래끼도 안 났다. 야, 민호야. 너도 같이 옥상 팀 속이자. 진규 표정 봤지? 우리 특집 시청률 대박 난다."

본색을 드러낸 장동묵. 그러나 전화 너머의 민호는 진지하게 말했다.

–그럴리가요? 형 정색한 거 다 봤는데. 몰카인 척하고 옥상문 따서, 그 위에 있는 사람들 다 감염시키려는 거죠?

"아냐! 무슨 소리야? 진짜라니까!"

–좀 쉬세요, 형. 다크서클 내려온 게 피곤해 보여요.

이 말에 장동묵은 심장이 쿵 내려앉는 느낌을 받고 복도의 창밖으로 고개를 내밀었다.

"너 어디서 보고 있……."

뚝.

전화가 끊겼다. 장동묵은 아까 목격한 민호의 귀신같은 몸놀림을 생각하고 불안감이 엄습했다.

"얘, 쓸데없이 진지해졌는데. 무슨 구출 작전이라도 하려나?"

장동묵은 민호가 철저히 이 상황을 믿고 있는 만큼, 대비책이 필요하다는 생각이 들었다. 그 몸놀림에 작정하고 달려들면 술이 잔뜩 올라 있는 이상철이나 비실비실한 윤수원에 멋모르고 참여 중인 조우식 PD가 당할 수 있는 상대가 아니었다.

"그래, 이러고 있을 게 아니지."

장동묵은 똑똑한 자신의 머리를 콕콕 찍으며 말했다.

"다들 모여봐!"

새벽 4시 30분.

민호는 벽을 기어올라 2층 창문으로 잠입을 시도하는 자신을 보며 내심 헛웃음이 나왔다. 도둑도 아니건만 아닌 밤중에 이 무슨 말도 안 되는 짓이란 말인가.

그럼에도 이것을 하는 이유는 장동묵과 저들을 완벽히 놀라게 하기 위해서였다.

[민호 씨, 준비 다 됐습니다.]

천 PD에게서 문자가 왔다. 민호는 바로 '알겠습니다'라고 답문을 보냈다.

지금 천 PD는 자신의 편이었다.

끼릭.

5반의 창문을 열고 안으로 들어섰다. 신발장을 확인하니 물총과 끈 묶음이 자리해 있었다. 물총 안에는 따끔한 고추 원액이 담겨 있었다. 인체에는 무해할 정도로 희석됐기에 자유롭게 쏘아도 된다고 들었다.

민호는 점자시계를 터치하고 1반 쪽의 대화 소리를 엿들었다.

"이거 완전 무기인데?"

"그렇다니까. 상상도 못 했을걸? 시골 학교라 이런 게 있어."

장동묵과 이상철의 대화에 민호는 고개를 갸웃했다. 무슨 꿍꿍이인지 모르겠으나 어차피 한방 먹이기로 한 이상 상관할 문제가 아니었다.

마무리는 예능스럽게.

몰카를 들키고 당황에 빠졌던 천 PD가 간곡히 부탁한 부분이었다.

민호가 문을 열고 밖으로 나왔다. 뚜벅뚜벅. 일부러 소리를 내며 복도를 걷자 1반 쪽에 있던 이들이 우르르 나왔다.

"저거 민호 맞지?"

"맞아요!"

이상철과 홍 실장. 윤수원과 조우석 PD가 민호를 발견하고 뛰어 왔다.

"민호야. 먹을 거랑 물까지 싹 다 훔쳐 가면 우린 어떡하라고."

투덜거리는 이상철에게 민호가 대답했다.

"지금 손에 들고 계신 거. 물 아닌가요?"

"이건 수돗물이야."

이상철이 씩 웃으며 페트병을 흔들었다.

"우리 눈물이 섞여 있는 수돗물."

닿으면 감염. 물론 뻥일 테지만 민호는 그 발상에 놀라지 않을 수 없었다. 눈물을 무기로 활용하는 장동묵의 아이디어는 실제였다면 섬뜩했을 부분이었다.

"1반으로 돌아가세요."

"눈병 안 무섭나 봐?"

이상철이 페트병의 뚜껑을 열고 살짝 뿌리자 민호는 반지로 인한 본능적인 위기감에 주춤하며 뒤로 물러났다.

"경고했습니다."

"경고는 무슨…… 어어?"

민호가 물총을 들어 올렸다.

"그게 뭐야?"

"이거요?"

찍.

코에 고추원액을 얻어맞은 이상철이 "앗따거!" 하고 얼굴을 부여잡았다. 그가 정신을 차리지 못하는 사이 민호가 움직였다.

윤수원이 놀라 휴대폰을 엉거주춤 들어 올렸다. 그러나 빛을 비췄을 때는 민호는 이미 어둠 속으로 사라져 버린 후였다.

회중시계로 엿본 3분의 미래. 점자시계로 3분 동안 극대화

된 감각. 여기에 반지에 깃든 요원의 민첩한 제압술이 더해졌다.

"막아!"

벽을 밟고 몸을 비틀며 윤수원이 휘두르는 물줄기를 피했다. 그리고 물총을 들어 그의 얼굴에 찍 발사했다.

"크읏!"

윤수원이 주저앉는 사이 몸집이 좀 있는 홍 실장이 달려들었다.

민호는 바람같이 몸을 앞으로 구르며 홍 실장의 얼굴에도 고추원액을 쏘았다. 입을 벌리고 있기에 그것을 흡입한 홍 실장은 얼굴이 확 달아올라 "물!"을 외치며 페트병 마개를 열고 물을 꿀꺽꿀꺽 삼켰다.

나중에 참여한 조우식 PD는 페트병을 놓고 두 손을 들어 올렸다.

"미, 민호 씨. 그게……."

민호는 어깨에 걸치고 있던 끈을 풀어 알아서 묶으라고 그의 손에 던져 주었다. 페트병의 물과 민호의 물총에 담긴 고추원액이 난무하는 가운데, 네 사람이 순식간에 제압됐다.

드르륵!

1반의 뒷문이 열렸다.

"강민호!"

민호는 그리고 나타난 장동묵을 보며 황당함을 금치 못했다. 농약을 뿌릴 때 사용하는 살수기구. 물통을 짊어지고 쓰는 그것이 그대로 장동묵의 등에 매달려 있었다.

"푸하하!"

장동묵이 왼손으로 펌프질하며 오른손의 물 분사구를 민호에게 들이댔다. 물이 뿜어지자 민호는 뒤로 물러서 안전거리를 유지했다.

"꼼짝 마! 움직이면 눈물용액 날아가 붕께!"

일대일의 대치 상황.

"형, 진짜 그거 저한테 뿌릴 거예요? 몰카라면서요?"

장동묵은 민호의 뒤편에 맵다고 끙끙 앓고 있는 세 사람과 그들을 끈으로 묶고 있는 조우식 PD에게 시선이 머물렀다.

"뭐야?"

당황한 장동묵이 살수기 펌프 손잡이를 삐걱삐걱 내리며 물 분출을 시작했다. 민호는 왼편의 2반 문 쪽으로 몸을 날리며 얼마 남지 않은 고추원액을 쏘아 보냈다. 상대의 사격은 피하고 내 사격은 명중시키려는 요원의 본능이 고스란히 발휘됐다.

쏟아지는 물 사이로 직선의 고추원액이 장동묵의 눈에 닿았다.

"끄아악! 매워! 매워!"

장동묵이 얼굴을 부여잡으며 쓰러졌다.

"후……."

민호는 제압된 장동묵을 뒤로한 채 그대로 옥상으로 달려가 문을 두드렸다.

"진규야. 나야."

"민호야!"

진규가 문을 열며 물었다.

"동묵이 형은?"

"쓰러졌어."

"뭐?"

잠시 뒤.

내려갔던 차단기가 올라가고, 옥상에 있던 인원이 2층 복도로 내려왔다.

"이, 이게 뭐야?"

진규는 VJ들이 올라오고 장동묵과 눈병 주범들이 생수로 얼굴을 닦아내고 있는 모습에 경악했다.

"몰카였다니."

1반 교실에 허탈하게 주저앉는 진규. 옆에서 민호가 어깨를 두드려 주었다.

"천 PD님이 옥상으로 예상대로 뛰어가 줘서 천만 다행이었다고 했어."

"나는 큰일 난 줄 알고……. 민호 너는? 언제 안 거야?"

진규는 이번 몰카도 강민호에게 밀리면 안 된다는 생각에 꼬치꼬치 캐물었다. 그러나 민호는 피곤하다며 취화정을 한 방울 먹고 그대로 잠에 빠져 들었다.

그날 오후.

몰카 소동 이후, 제대로 야유회 일정을 즐긴 모두가 짐을 꾸려 선착장으로 향하기 시작했다. 마지막으로 현관을 지나던 진규는 벽에 걸려 있는 이 학교 학생들의 졸업 액자에 시선이 머물렀다.

"응?"

눈을 잡아끄는 단체사진 하나.

"여기 봐봐! 이 꼬마야. 어제 낮에 본 꼬마. 안대도 고대로 끼고 있네. 내가 이거 때문에 깜박 속았다니……."

진규는 말하다 말고 다리가 후들후들 떨려오는 것을 느꼈다. 1972년도 단체 졸업 사진 속 꼬마가 진규를 보며 천진난만한 웃음을 짓고 있던 탓이었다. 안대를 하고 있지 않은 눈동자가 자신을 따라 움직이는 것만 같아 이가 덜덜 부덮혔다.

얼굴이 새하얗게 변한 진규를 이상하게 여긴 민호가 다가왔다.

"왜?"

"저, 저, 저게……."

진규는 비명을 지르며 운동장을 가로질러 쏜살같이 달려나갔다.

Object : 석 노인의 나룻배.

Effect : 30년 강태공에 얽힌 낚시와 삶의 정수를 공유할 수 있다.

39.
미션 파서블 : 파리 프로토콜 (1)

10월 둘째 주 화요일 밤.

민호는 파리에서 있을 게임 대회 참가와 스위스의 화보 촬영 스케줄을 위해 바쁘게 짐을 꾸리고 있었다. 국외여행은 처음인데다 관광명소로도 유명한 두 곳을 방문하는 것이었기에 마음은 날아갈 듯이 가벼웠다. 소풍 전날 들떠서 잠이 안 오는 기분이 이런 것일까?

"룰루~"

덕분에 옷가지를 채워 넣는 민호의 손길에는 흥이 가득 묻어나왔다.

띠리리릭.

여행용 캐리어에 옷을 꽉꽉 눌러 담고 있던 민호의 귓가로 휴대폰 벨소리가 들려왔다. 탁자 위 충전 중인 휴대폰의 화면에 익숙한 번호가 떠올랐다.

'아버지네?'

민호는 발끝으로 캐리어의 뚜껑을 닫으며 팔을 뻗어 휴대폰을 손에 쥐었다.

"이 밤에 무슨 일이세요?"

―출국 날짜가 내일 맞지?

대뜸 물어오는 말에 민호는 싱긋 미소를 지었다.

"왜요? 아들 외국 나간다니 걱정되셨나 보죠?"

안부 확인차 전화했던 지난번의 통화에서 살짝 언급했을 뿐인데 그걸 기억하고 전화해 주다니. 역시 피는 물보다 진한가 보다.

"뭐, 저도 쬐끔 설레기는 합니다. 여행 준비하느라 최근에 영어 공부 엄청 열심히 했거든요. 아, BBC 인터뷰한 거 보셨나요? 제가 요새 그 정도입니다. 후후. 인터뷰 때 누구 닮았냐고 해서 아버지의 멋진 모습을 다 닮지 못해 억울하다고 했습니다. 하하하!"

부자간의 훈훈한 정을 강조하던 민호는 아버지가 마음 약해졌을 때가 기회라는 생각에 은근슬쩍 운을 띄웠다.

"어때요? 이 아들, 비밀 금고에 있는 큼지막한 유품 하나 턱 파셔도 될 만큼 듬직하지 않으세요? ……아버지? 끊으셨어요? 아버지?"

–수다는 다 떨었냐?

외국 방문 경험이 풍부한 아버지였기에 아들을 위해 여행 요령이나 주의할 것을 알려주겠거니 싶었는데, 윤환은 뜻밖의 말을 꺼냈다.

–가서 네가 들를 곳이 있다. 스위스도 간다고 했지?

"인터라켄에 1박2일 일정이 잡혀 있어요. 무슨 일인데요?"

–민호 네 할아버지가 유럽 돌아다니실 때 가끔 활용하시던 금고가 취리히에 있어. 귀찮아서 인수를 안 하고 있었지.

"금고요?"

–그 안에 할아버지가 수집해 놓은 물건들이 있을 거다. 스위스 프랑도 좀 있을 텐데 70년대 쓰던 화폐라 통용력을 잃었어. 수집 용도로 쓰려면 쓰고.

"설마……."

민호의 눈이 번쩍 뜨였다.

"그게 다 제 거?"

–자잘한 건 네가 다 갖고, 하나만 나한테 가져 와.

"하나요?"

–보면 알 거다. 아직 네가 만질 수 없는 물건일 테니.

주황빛을 띠는 물건 그 이상의 유품이 있을 거라는 말에 민호는 저 먼 취리히에 있을 금고가 자신을 손짓해 부르는 듯한 소리를 들었다.

–주소랑 금고 번호는 문자로 보내마. 여는 건 금고를 만지면 감이 올 거야. 밤늦었으니 이만 끊는…….

"아버지!"

민호는 재빨리 전화에 대고 물었다.

"만질 수 없다는 거. 제가 길들이면 가져도 됩니까?"

–네가?

전화 너머에서 '쿡' 하고 웃음을 삼키는 소리가 들려왔다.

–넌 그 비슷한 급도 안 돼.

"아버지가 어떻게 아세요? 요즘 저 회중시계나 반지 죄다 3분 이상 활용할 수 있습니다."

자신감이 흘러넘치는 민호에게 윤환의 무심한 대답이 이어졌다.

–도전하는 거 굳이 안 말린다. 나중에 원망만 하지 마. 수준이 안 되면 유품의 거부 반응이 심각해질 수 있다는 것만 알아둬.

"아버지는 회중시계로 몇 분이나 보실 수 있는데요?"

–글쎄다. 만져본 지 꽤 오래돼서. 가만있자……. 몇 년 전에 '아내의 매혹'이었나? 드라마 내용이 하도 막장이라 뒤가 궁금해서 열어봤을 때가 10분 정도였어.

민호는 말문이 막혔다.

'회중시계를 고작 일일 드라마 보는 데 썼다고?'

—참, 민호야. 파리에 가면 미술관이나 박물관 같은 곳은 자제해. 괜히 예술품 빛난다고 꽂혀서 너도 모르게 건드리면 잡혀갈 테니까. 나 여행할 때는 시치미 뚝 떼면 괜찮았는데, 지금은 사방에 폐쇄회로 깔린 시대잖아. 국제민폐로 해외토픽란에 네 이름 거론되면 호적에서 파버린다.

"구, 국제민폐?"

—그럼, 잘 다녀오고.

달칵.

애장품을 사용한 지 4개월째. 민호는 아버지와의 격차는 아직도 한참이라는 생각에 한숨을 내쉬었다. 그리고 애장품 관련해서 정리해 두었던 휴대폰의 메모장을 열었다.

〈유품 등급〉

하급 : 은은한 색.

-취화정, 붕붕이.

중급 : 주황색.

-동전, 회중시계, 반지, 안경, 점자시계, 붓.

상급 : (더 짙은 색 추정)

-??(할아버지의 개인 금고에 존재)

〈애장품 활용 능력의 등급〉

B ~ A : (현재의 나)

+ 애장품에 깃든 과거사를 자유롭게 엿볼 수 있다.

A : 애장품을 붙잡고 있던 시간만큼 애장품이 없어도 능력을 온전히 활용할 수 있다.

+ 제약이 있는 특정 유품의 활용 시간이 다섯 배가 된다.

S : (아버지)

+ 제약이 있는 특정유품의 활용 시간이 열 배가 된다.

+ 상급 유품을 길들일 수 있다.

SS : (할아버지)

"흠."

새롭게 정리하고 보니 알 것 같았다. 애장품의 활용 능력이란 것이 차곡차곡 경험을 쌓아올리는 구조임을 고려하면 가야 할 길은 아직 까마득히 멀다는 것을. 상급 유품은 아버지의 수준에 이르러야 길들일 수 있을 것이다.

띠릭.

그사이 문자 수신음이 울렸다.

[라미스트라세, 취리히. 리엔하르트 사설은행.]

[금고번호: 0–13–17–0–15–25–0]

수준을 올리는 데 필요한 것은 더 많은 애장품과 유품의 활용이다.

'취리히에서의 미션은 제대로 완수하고, 아버지한테 딜 좀 걸어봐야겠어.'

민호는 금고번호를 확실히 머릿속에 담아 두었다.

다음 날.

캐리어와 백팩을 짊어지고 숙소를 나서는 민호를 후배들이 부럽다는 시선으로 쳐다보았다.

"잘 다녀오세요, 선배님."

"내년에는 저희도 꼭 가겠슴돠!"

민호는 신발을 신으며 고개를 끄덕였다.

"오냐. 프로리그 연습 소홀히 하지 말고."

하고 문을 여는데 까까머리 가람이 민호에게 물었다.

"민호 형. WCG 끝나고 정말 은퇴하실 생각이에요?"

"게이머가 은퇴가 어디 있어. 접는 게 아니라 잠시 쉬는 거지."

"그래도 형 없으면 무슨 재미로 리그 뛰니까!"

민호는 섭섭해하는 가람의 볼살을 꼬집으며 부드럽게 말했다.

"오바하지 마. 그리고 내가 왜 없을 거라고 생각해?"

이렇게 되묻자 이번에는 가람의 눈이 커졌다.

"네? 잘못 들었지 말입니다?"

"감독님이 제안하셔서 프로리그 코치직 수락했어. 훈련할 때 코치보다 못하는 놈들은 빠따를 그냥."

뜨악 하는 표정이 된 가람과 후배들의 반응에 민호는 피식 웃었다. 펜타스톰 리그 참여는 다양한 애장품을 만져볼 수 있는 일과는 동떨어져 있기에 그간 조절하려고 생각은 하고 있었다. 그렇다고 아예 그만두자니 지난 10년 동안 열을 다해 온 일에 대한 아쉬움이 컸다.

'코치 하다 갑갑하면 내가 대신 뛰면 되고.'

가끔 훈련 상황을 파악해 주는 일 정도는 스케줄이 밀려 있어도 어렵지 않았기에 수락한 일이었다. 일전에 다녀온 동암고의 홍도섭 선생님. 그의 교육 철학을 따를 예정이었다.

"민호 형. 그냥 조용히 은퇴하시면 안 될…… 아악!"

꿀밤을 얻어맞은 가람이 머리를 부여잡았다. 민호는 문을 열고 나서며 말했다.

"프로리그 개막전에서 1승을 올리는 사람에겐 걸세븐과의 통화를 약속한다."

"지, 진짜요?"

"나는 정효림! 아, 아니 구하연!"

"오소라가 최고지!"

승리하기도 전인데 김칫국부터 마시는 후배들을 뒤로한

채 민호는 숙소를 나섰다.

지이잉.

입구에서 공 매니저의 밴을 기다리던 도중 주머니 안의 휴대폰이 울렸다. 발신자를 확인한 민호는 '서은하'의 이름이 떠 있기에 얼른 받았다.

"은하 씨?"

서울에서 9천 킬로미터가량 떨어진 파리에서 걸려온 인터넷 전화였기에 한 박자 늦게 목소리가 전해졌다.

–민호 씨. 일어났어요?

"지금 공항으로 가는 길이에요. 은하 씨는 드라마 촬영은 잘되고 있어요?"

–네, 오늘치 분량 끝내고 방금 호텔에 돌아왔어요. 여기 새벽 1시인데 한국은 8시 맞죠? 제가 일찍 깨운 거 아니죠?

"그럼요. 은하 씨야말로 지금까지 꼬박 촬영이면 고생이 많네요."

–괜찮아요. 틈틈이 구경할 것도 많고. 오늘 센 강에서 촬영하는데 에펠 탑이 아무렇지도 않게 보이는 거 있죠? 남산 타워 보는 느낌으로 봤다니까요. 후후. 민호 씨 오면 꼭 같이 올라가 봐요.

오랜만에 듣는 서은하의 목소리. 거리가 떨어져 있음에도 그 맑은 기색이 고스란히 전해져 왔다. 민호는 아침의 상쾌

한 공기와 더불어 수화기 너머, 잠을 자기 직전의 그녀의 청초한 모습을 상상하며 흐뭇한 미소를 지었다.

게임 대회가 끝나고 하루 시간을 비워 같이 관광하자고 약속까지 했다.

'낭만의 거리를 단둘이. 으흐흐.'

이 기회에 한층 더 가까워질 것은 불 보듯 뻔했다.

—맞다. 홍 작가님도 같이 오셨는데 지난번 저희 촬영 분량 보시고 한 번 더 카메오 출연하는 게 어떨지 물어보셨어요.

"하, 한 번 더요?"

민호는 점자시계로 각인된 그 황홀했던 기억이 다시금 떠올라 몸을 부르르 떨었다.

—부담 갖지 않으셔도 돼요.

서은하의 목소리에 이어, 옆에서 바스락거리는 소리와 함께 누군가의 외침이 들려왔다.

—누구랑 통화? 민호 씨네? 아아. 민호 씨! 들려? 그림 좋은 데서 또 뽀뽀하게 해줄 테니까 카메오 출연 한번 더 해~

—홍 작가님!

—호호호! 은하 씨 얼굴 빨개지는 것 좀 봐.

우당탕거리는 소리와 웃음소리가 얼마간 들려왔다. 탕 하고 문이 닫히는 소리와 함께 서은하의 목소리가 이어졌다.

―갑자기 들이닥치셔서. 저희 어디까지 얘기했었죠?

"얘기요? 키스 신 또 찍는…… 큽."

민호는 대답하다 '이 요망한 주둥이가!' 하고 자신의 입을 탁 쳤다.

―아, 맞다. 그 키스……. 네?

서로 간에 당황에 빠져 3초간 정적이 흘렀다. 정신을 먼저 차린 쪽은 서은하였다.

―아하하. 저도 모르게 수다만 떨고 있었네요. 부탁할 게 있어서 전화한 건데.

"부탁이요?"

―귀국하면 바로 중간고사가 있어서요. 전공서는 다 들고 왔는데 정작 요점을 정리해 놓은 노트를 빼놓고 와서요. 공부할 때는 그게 있어야 집중이 잘되거든요.

촬영 중에도 공부한다는 말에 민호는 놀랐다.

"은하 씨 집에 들러서 그 노트 받아오면 된다 이거죠?"

―네, 민호 씨. 제가 보답으로 파리 맛집에서 풀코스로 한턱낼게요.

간단한 노트 배달에 서은하와의 식사 데이트. 이건 비교할 것도 없이 후자 쪽이 이득이었다.

―미안해요. 민호 씨가 저희 아빠 부담스러워 하는 거 다 아는데. 아빠한테 단단히 얘기는 해놨는데 혹시 뭐라고 그러

면 저한테 말씀하세요.

“부담스럽다니요? 서은하 씨 아버님처럼 유쾌한 분이 또 어딨다고.”

민호는 손목의 점자시계를 흘끔 보고 자신만만한 웃음을 흘렸다.

“걱정 마세요, 은하 씨. 파리에서 만나요.”

서로 간에 안부를 전하며 통화가 끝났다. 때마침 골목 어귀로 공 매니저의 밴이 나타났다.

“서은하 씨의 집이요?”

운전석에 앉아 있던 공 매니저가 크게 놀라 민호를 돌아보았다. 파리에서 단둘이 만날 예정이라는 걸 알고 있을 텐데 살아나올 수 있겠느냐는 그 눈길에 민호는 침착하게 답했다.

“지난번에 점수를 좀 땄거든요.”

“반가운 소식이긴 합니다만…….”

공 매니저가 미심쩍어하며 시동을 걸었다. 민호는 걱정하지 말라는 표정으로 공 매니저를 안심시켰다.

밴이 출발하고 얼마 후, 공 매니저는 민호가 기뻐할 만한 이야기를 꺼냈다.

“회사에서 만든 민호 씨 인스타 팔로워 수가 30만을 돌파했습니다. 계정을 만든 지 한 달째인 걸 감안하면 이례적인 증가 속도라고 사장님도 좋아하고 계십니다. 청춘일지랑 '더 스마트' 결승 진출이 컸어요."

"팔로워 많으면 뭐 좋은 게 있나요?"

"젊은 층에 얼마나 인기가 많은지를 알아볼 수 있는 척도지요. 스타의 기준이랄까요? 계정 접속 방법을 알려드릴 테니 앞으로 민호 씨도 활발히 사진을 올려 주십시오. 팬클럽 창단식 전에 50만까지 끌어올리는 겁니다."

휴대폰으로 SNS어플을 찾고 있던 민호가 고개를 갸웃했다.

"팬클럽 창단이요?"

"맞다, 이건 회사에서 결정된 일입니다. 민호 씨 팬이 만든 소모임 게시판이 하도 여기저기 넘쳐서 이번에 하나로 통합하자는 건의가 들어왔거든요. 인디밴드모임, 고향요리 동호회, 의사, 패션, 애완동물 커뮤니티까지. 민호 씨 팬층은 그 어떤 연예인도 흉내 낼 수 없을 겁니다. 아무튼, 그 김에 팬 미팅 행사도 하는 거죠."

공 매니저는 신호에 정차하자마자 조수석에 올려 두었던 가방 하나를 민호에게 내밀었다.

"이번 해외 체류 기간에 팬 미팅 때 쓸 셀프 카메라도 찍어 주셔야 해요. 자기 직전이나 어딘가로 이동할 때. 스타의 평범한 일상을 보고 싶어 하는 것이 팬들의 마음이거든요."

"스타? 제가요?"

"당연하죠. 이번 주에 민호 씨가 카메오로 출연한 드라마 방영되면, 장담하건대 팔로워 10만 증가는 우습습니다."

민호는 가방 속에서 셀카 지지대와 손바닥만 한 카메라를 꺼내 들고 이리저리 살펴보았다.

언젠가 TV에서 본 적이 있었다. 카메라를 향해 시청자와 대화하는 것처럼 말을 하고, 지금 하는 것들을 설명해 주는 화면. 여 아이돌의 일상이 궁금해 군에 있을 때 매회 챙겨봤으나 자신이 그걸 하게 될 줄은 몰랐다.

삑.

셀프 카메라의 버튼을 누르자 렌즈 옆의 등에 불이 들어왔다.

"응? 녹화되는 건가?"

카메라 후면의 모니터에 렌즈가 비추고 있는 장면이 작게 나왔다. 민호는 무릎을 비추고 있는 카메라를 얼른 돌리고 황급히 미소를 지었다.

"안녕하세요, 여러분. 강민호입니다. 지금 공항에 가기 전에 매니저님과 잠시 이동 중이에요."

말을 해놓고도 낯 뜨거워 민호는 얼른 전원버튼을 눌렀다.

"그런 식으로 하시면 됩니다. 팬도 가족이라는 생각으로 대화하듯이. 편집은 심이한 씨가 해주신다고 하셨으니 자유롭게, 그리고 최대한 많이 찍어 주십시오."

공 매니저가 웃음과 함께 신호에 정차되어 있던 밴을 출발시켰다. 민호는 셀프 카메라를 가방에 도로 넣으며 이 촬영에 익숙해지려면 시간이 좀 걸리겠다는 생각이 들었다.

"팬미팅 관련 행사는 귀국하시고 난 뒤에 자세히 얘기하기로 하고, 파리에서 일정 말입니다만……."

이후에는 해외 스케줄과 관련된 이야기가 이어졌다.

대회 도중에는 한국 대표단의 일정에 맞춰 움직이기에 공 매니저는 대회가 끝나는 주말, 스위스로 출발할 때 합류한다. T브랜드의 화보 촬영 팀에서 의류 일체와 전문 코디 팀을 준비하기에 김 코디는 무려 일주일의 휴가를 받았다는 이야기를 들었을 무렵, 서은하의 집 대문이 보였다.

'드디어.'

민호는 밴에서 내려 서철중이 기다리고 있을 집 대문 앞에 섰다. 호흡을 가다듬고 대문의 벨을 눌렀다.

"계세요?"

–누구지?

"강민호라고 합니다. 은하 씨가 전화 드렸다고……."

–기다리게.

비록 장담은 했지만 호랑이 형사반장의 포스가 떠오르자 몸이 살짝 떨려왔다. 민호는 점자시계를 터치하고 '너만 믿는다'라는 눈빛을 하고 서철중의 등장을 기다렸다.

덜컹.

마당 안쪽의 현관문이 거칠게 열리는 소리가 민호의 귀를 때렸다.

'장철민 씨. 부탁합니다. 부탁해요.'

반지도 그렇고 점자시계도 그렇고, 본연의 능력 외에 깃들어 있는 부작용과도 같은 원주인의 성향들은 하도 많이 활용하다 보니 어느 정도는 억제할 수 있게 됐다.

그렇게 그동안 차곡차곡 쌓아왔던 자제심을 일순간 놓아버리게 되자, 민호는 머릿속에 오만가지 구식 유머가 떠오르는 것을 느꼈다. 이런 것에 웃는다는 것이 부끄러워지는 그런 개그들.

'크음.'

끼이익.

대문이 열리고 평범한 인상 속에 불같은 눈길을 하는 서철중이 밖으로 나왔다.

"안녕하십니까, 반장님!"

"그래, 민호 군. 불란서에서 딸아이랑 단둘이 데이트를 한다는 말. 내가 잘못 들은 게 맞지? 둘이 타지에서 그러고 다닐 정도로 친한 거였어?"

파리에서의 만남에 대해 알고 이미 적대적으로 돌변해 있는 서철중에 민호는 돌직구, 아니 돌개그를 날렸다.

"죄송합니다. 은하 씨와 저 '앞으로'는 자주 보지 않고……."

"뭐?"

"'뒤'로 가끔만 보겠습니다."

승부수는 던졌다.

서철중은 '앞으로 보지 말고 뒤로?'라고 중얼거리며 무언가를 곰곰이 생각하더니 민호를 다시금 바라보았다. 간절한 표정으로 서철중을 마주하고 있던 민호는 상대의 강렬한 시선에 움찔했다. 방금은 주먹이 날아와도 이상치 않을 말장난이었다.

"저, 반장님……."

실패를 직감한 민호가 뒤늦은 수습을 하려던 그때, 서철중은 고개를 숙이고 입을 가리더니 "큭큭" 하는 웃음과 함께 어깨를 들썩이기 시작했다.

'머, 먹혔다고?'

서철중이 민호의 어깨를 탁 붙잡았다.

"크흐흐. 지난번에도 그렇고 자네 진짜 웃긴 거 같아. 개그맨이라고 했었나?"

이런 것에 웃어 주는 서철중도 예사로운 유머감각은 아니었다. 민호는 개그맨이 아니라 방송을 시작한 지 얼마 되지 않은 전 프로게이머라고 대답하려다 어깨에 팔을 두르는 서철중에 흠칫 놀랐다.

"이거 어떤지 한번 들어보게. 짱구와 오징어의 차이가 뭔지 아나?"

"네?"

"짱구는 못 말려."

민호는 이런 말을 들어본 적 있었다. '부장님의 유머에는 무조건 박장대소, 눈물이 쏙 빠질 정도로 웃어라'라고. 이것은 웃기지 않은데 웃어야 하는 고통을 감수하는 사회생활의 성공비결 중 하나였다.

그러나 민호는 지금, 가슴속 저 깊은 곳에서부터 무언가 부르르 떨려오는 것을 느꼈다. 오징어는 말릴 수 있고 짱구는 못 말린다는 말장난.

"푸흡."

"괜찮지?"

"푸하하하!"

민호는 '이게 웃기다고?'라고 머릿속으로는 생각하면서도 도저히 웃음을 참을 수가 없었다. 점자시계 주인의 성향과 깊게 동화되어 있는 이 순간, 서철중의 유머코드는 곧 민호의 유머코드와도 같았다.

그렇게 유머의 정체성을 상실한 민호가 말했다.

"반장님, 은하 씨 파리 '보'내기 싫으셨죠?"

"당연하지."

"그럼 '가위'나 '주먹'을 내셨어야죠."

"으하하! 자네 세상에서 가장 쉬운 숫자가 뭔지 아나?"

"뭘까요?"

"쉽구만."

"십구만이요? 반장님, 센스가 진짜! 크흐흐."

주거니 받거니 민호의 등을 팡팡 치며 웃던 서철중은 소가 계단을 오르면 '소'오름이니, 자동차가 놀라면 '카'놀라유니 하는 연타석 말장난에 자지러질 정도로 웃어댔다.

"저기……."

공 매니저는 서철중에게 인사하러 다가왔다가 이게 무슨 사태인지 어리둥절한 표정이 됐다.

"아, 공 매니저. 오랜만이야. 은하 노트 필요하다고 했지? 잠깐만 기다려 봐. 다른 것도 줄 게 있으니까."

서철중은 껄껄 웃으며 대문 안으로 들어갔다.

점자시계를 터치해 증가했던 3분간의 감각이 사라진 민호는 가슴을 쓸어내리며 고개를 돌렸다.

"방금 어찌 된 겁니까? 서은하 씨 아비님께서 저렇게 부드러운 표정을 짓는 건 처음 봅니다."

"반장님이 옛날 농담을 많이 좋아하셔서 몇 개 하다 보니까 조금 친해진 것 같아요."

공 매니저는 무척 놀랐다. 서은하와 좋은 관계를 유지하기 위한 가장 큰 걸림돌이라 볼 수 있는 서철중을 저리 간단히 요리하다니. '역시 민호 씨'라는 말이 절로 나오는 상황이었다.

얼마 뒤, 서철중이 파우치 하나를 들고 나왔다. 그것을 민호에게 건네주며 말했다.

"은하에게 잘 전해 주게. 운동하는 드라마 찍는다고 무리해서 근육통이 심한 모양이야. 아파도 내색을 안 해요, 얘가."

파우치 안에는 노트와 함께 근육통에 효과적이라는 일명 '호랑이연고'가 들어 있었다.

"아, 그리고. 자네 혹시 SNS가 뭔지 아나? 은하가 가기 전에 그쪽에 근황 사진 많이 올라온다고 주소를 알려주고 갔는데 도통 볼 수가 있어야지."

서철중의 물음에 민호는 고개를 끄덕였다.

"계정인지 뭔지 주소를 넣고 어쩌고 해야 한다던데? 여기 방법 좀 적어 주겠나?"

안주머니에서 수첩을 꺼내 펜과 함께 내미는 서철중. 민호는 서철중의 낡은 수첩을 보고 눈이 커졌다.

'애장품?'

민호는 수첩을 받아 들었다. 손을 대자 빛이 흡수되어 사라지고, 머릿속으로 서철중의 오랜 추억 하나가 스쳤다.

–아빠, 무서운 목소리로 읽어주면 안 돼?

–무섭게? 떡 하나 주면 안 잡아먹지!

–어흥도 해야지.

–어, 어흥!

젊은 서철중의 무릎에 앉은 네 살배기 깜찍한 여자아이는 서은하였다.

‘귀여워!’

서철중은 ‘해님 달님’ 동화책을 손에 쥐고 목소리를 가다듬으며 읽어 내려갔다. 동화가 끝나고, 서은하가 ‘자, 선물~’ 하고 뺨에 뽀뽀를 해주는 광경에 민호는 실제 겪은 것이 아님에도 몸이 사르르 녹아내리는 기분을 느꼈다. 이래서 다들 딸을 키우고 싶어 하는가 싶었다.

민호가 한동안 수첩만 쳐다보고 있자 서철중은 빙긋 웃으며 말했다.

“많이 낡았지? 내가 좀 구식이라. 딸애가 용돈 모아 처음으로 사준 거거든.”

뒷면에 곰돌이 스티커가 붙어 있는 인조가죽 수첩은 어린 서은하가 아빠에게 생일선물로 준 물건이었다. 속지만 교체하는 식으로 벌써 10년 이상 애정을 쏟아 사용해 온 현직 형사의 물건.

'능력은 뭘까?'

민호가 궁금증을 느끼는 사이, 추억의 장면은 최근의 어느 순간으로 이어졌다.

-아빠, 고혈압이잖아요! 담배 끊을 때까지 맥주 금지.

-그, 그래도 은하야…….

한 달에 한 번, 온 가족이 다 함께 모여 영화를 보는 시간. 매번 로맨틱 감성이 풍부한 여성 취향의 영화만 보게 됐으나 서철중은 아무 상관없었다.

험난한 형사과의 일을 끝마치고 눈에 넣어도 안 아플 딸과 아직도 어여쁜 부인과 시간을 보낼 수 있다는 것 자체가 행복이니까. 그러나 그렇다 해도 치킨과 맥주를 시켜놓고 강냉이와 녹즙만 먹으라고 하는 건 너무했다.

'반장님 집에서는 무지 처량하게 지내시네.'

추억에서 벗어난 민호는 수첩을 받아 든 이유를 떠올리고 얼른 작업에 착수했다.

"공 매니저님, 서은하 씨 계정 주소 아시죠?"

"잠시만요."

휴대폰에서 정보를 찾아 내민 공 매니저에게 '고맙다'고 말하던 민호가 멈칫했다.

셔츠를 빳빳하게 다려 입고 나온 공 매니저의 모습.

공항까지의 픽업 외에는 별다른 스케줄이 없는 날임에도

아침 일찍부터 준비한 티가 역력했다. 익숙하게만 생각했던 공 매니저의 복장에는 소속 연예인에게 언제나 예의를 갖추려는 진지한 그의 성향에 관한 정보가 담겨 있었다.

'나한테는 굳이 예의 차리실 필요 없는데.'

민호는 한눈에 그것을 이해하고 괜스레 미안해졌다. 그리고 수첩에 시선이 머물렀다.

'반장님의 눈썰미가 담겨 있는 건가?'

이 눈썰미로 본 자신이 궁금해지는 순간이었다. 민호는 헛기침하며 슬쩍 밴의 유리창에 비친 자신의 얼굴을 바라보았다. 그리고 '큼' 하고 신음을 삼켰다.

온갖 술수에 단련된 범죄자들을 상대해 온 반장의 시선 속 자신은 속여먹기 딱 좋아 보이는 더없이 순진한 청년이었다. 다른 말로 하면 호구랄까? 그 덕분에 총명한 딸이 뒤통수를 맞을 일은 없겠다는 안도감이 들었다.

'있는 척 재지 않고 때 묻지 않은, 성실한 느낌은 호감 요소군. 좋아.'

이참에 민호는 다음에 마주쳤을 시 어필할 만한 요소를 찾아 착착 계산을 끝냈다. 이번에는 서칠중 본인을 파악하기 위해 시선을 돌렸다.

SNS를 배우기 위해 열심인 서철중. 그와 눈이 마주치자 수첩 속 경험이 바로 답을 내줬다. 경력 25년의 무시무시한 강력계 형사도 가족을 위해 일하는 한 명의 아버지일 뿐이라는 걸. 그 딱한 추억을 잠시 엿보기까지 하지 않았던가?

이렇게 생각하고 나니 서철중을 대하는 것이 한결 편안해진 기분이 들었다.

"이게 서은하 씨 계정이고, 반장님 휴대폰으로 그걸 추가하시면 돼요. 인터넷 창에서 이 주소만 치면 바로 들어갈 수 있어요."

"추가?"

"휴대폰 줘 보세요."

민호는 직접 SNS 어플을 열어 회사에서 만든 서은하의 계정에 연결했다. 곧, 파리의 촬영 현장에서 찍은 그녀의 최근 사진이 휴대폰 화면에 나타났다.

"간단하죠?"

"오호."

서은하의 사진은 주로 스태프들과 친분을 다지며 찍은 것들이었다. 애장품의 영향 때문인지 민호는 생글거리는 그녀의 웃음을 접하면서도 여느 때처럼 두근거림보다는 '뉘 집 자식이 이렇게 고운 거야?' 하는 흐뭇한 마음이 먼저 들었다.

"여기가 센 강이래요."

"그래?"

"은하 씨 뒤에 성당 보이시죠? 저게 아마 노트르담일 거예요."

"건물 분위기는 좋군."

두 사람이 서로 비슷한 미소를 지으며 휴대폰 화면에 집중하던 그때.

"어?"

마지막으로 나온 서은하의 사진에 서철중과 민호의 안색이 급변했다.

"이게 누구야? 불란서 코쟁이들이 왜 이리 많아?"

"그러게요."

손으로 V 자를 그리며 미소 짓는 서은하의 주위를 둘러싼 프랑스 국적의 청년들. 대부분 키가 크고 훈남이었다. 올라온 사진 아래 '현지 아마추어 테니스 선수들과 함께'라는 개인 멘트가 적혀 있었다.

"바람둥이처럼 생긴 주제에 감히 은하 어깨에 손을 올려? 여기 가운데 은근슬쩍 달라붙은 이 자식 보이지? 이건 사진 찍는 거에 관심 있는 게 아니야."

서철중의 말처럼 가운데 청년은 시선 처리부터 수상쩍은 기운이 보였다. 민호는 청년의 얼굴을 지난번 카메오 촬영 때 얼핏 본 기억이나 말했다.

"반장님, 이 사람은 현지 테니스 선수가 아니라 계속 나오는 배우 같아요."

"뭐라고?"

민호는 재빨리 휴대폰 화면을 조작해 사진과 링크된 기사를 찾아보았다. 루이 드 라니옹. 한국에서 활동 중인 프랑스계 모델로 확실히 드라마 조연 목록에 포함되어 있었다.

"맞네요. AT엔터 소속 모델. 이번에 배우 데뷔했어요."

"가만, 이 기사는……."

링크 아래, 연관된 기사의 헤드라인을 본 서철중의 눈에 불꽃이 튀었다.

"은하에게 테니스를 알려줘? 개인교습을 따로 해주고 싶어?"

"쯧. 루이 이 친구 허세가 심하네요."

"자네가 보기에도 그렇지? 테니스의 테 자도 모르는 것이. 이런 건 콱 붙잡아다 본때를 보여줘야 하는데."

"제 말이요! 그냥 콱!"

민호는 이렇게 외치다 '한데 자넨 왜 그리 열 내고 있어?' 하는 얼굴이 된 서철중과 눈이 마주쳤다. 수첩에 담긴 딸 사랑 성향에 너무 동화되어 본의 아니게 과하게 몰입한 감이 있었다.

"으, 은하 씨에게 이렇게 바람기 많은 프랑스 청년은 어울리지 않는다, 이 말이죠."

턱을 긁적이며 아무것도 아닌 척 웃음으로 때우던 민호는 생각 하나가 번뜩여 손뼉을 마주쳤다.

그 본때. 서철중은 아니더라도 자신은 보여줄 수 있다.

"반장님."

"응?"

"드릴 말씀이……."

민호가 낮은 목소리로 무언가를 말했다. 듣고 있던 서철중이 '과연, 그랬지?' 하며 고개를 끄덕였다.

"탈 아마추어급인 임 형사가 자네한테 졌다는 얘기는 들었어. 좋아, 성공하면 은하한테 점심 대접받는 것 정도는 넘어가 주지."

"감사합니다!"

"근데 내 라켓이 필요하다고?"

"실력 좋은 분이 주인으로 있었던 라켓이라는 생각이 들면 저한테는 무척 힘이 되거든요. 없던 힘이 막 샘솟고 그래요, 저는."

상대의 진의를 파악하기 위해 흘끔 민호의 표정을 살피는 서철중. 민호는 서철중의 심문을 돌파하기 위한 최고의 방법은 솔직과 정직임을 파악하고 한 치의 거짓도 없다는 표정을 지었다.

서철중이 민호를 손짓해 불렀다.

"따라오게."

민호가 서철중을 따라 대문 안으로 들어섰다.

지켜보던 공 매니저는 기가 막힌다는 표정이 됐다. 철통방벽의 서철중과 저리 친근하게 굴 수 있는 젊은 남자가 이 대한민국에 존재할 수 있다니. 민호가 지금껏 보여준 그 어떤 기적보다 놀라운 광경이 아닐 수 없었다.

잠시 후.

민호가 대문을 열고 나왔다.

"다녀오겠습니다, 반장님! 은하 씨는 걱정 붙들어 매십시오!"

밴의 뒷문이 열리고 민호가 올라탔다.

공 매니저는 민호가 들어갈 때만 해도 없었던 테니스 가방을 들고 나온 것을 보고 눈이 휘둥그레졌다.

"민호 씨, 그게 뭡니까?"

"반장님 컬렉션이요."

민호는 만족스러운 웃음과 함께 가방을 툭 쳤다. 이것은 서은하에게 지나치게 치근거린다는 이유로 단박에 아웃된 프랑스계 모델을 격파하기 위한 스포츠 애장품 일체였다.

'유럽인이 먹는 음식은 EU식이라는 농담이 컸어.'

킥킥거리는 와중에 라켓뿐만 아니라 서철중의 방에서 빛

나고 있던 컬렉션들을 최대한 빌릴 수 있었다. 이렇게 되면 여기 오길 잘한 수준이 아니라 대박이었다.

장갑. 무릎보호대. 모자. 신발.

이것만으로도 상당한 애장품 활용 경험을 쌓을 수 있을 터. 이참에 아버지 바로 아래 단계까지 끌어올릴 수 있겠다는 기대감에 어깨는 벌써 흥으로 들썩였다.

밴의 시동이 걸렸다.

민호는 늘어난 짐을 옆에 내려놓고 의자에 몸을 기댔다.

'그나저나 가서 따로 할 일이 많아졌어. 취리히 금고 방문에 팬미팅용 셀프 카메라 촬영에 루이 이 자식이 은하 씨 옆에 얼씬도 못하게 하는 것까지.'

무엇 하나 포기 못 할 일이었기에 책임감은 막중해졌으나 기대감은 한층 커졌다.

"비행 잘하십시오. 5일 뒤에 뵙겠습니다, 민호 씨."

인천공항 3번 게이트 앞에 멈춰 있던 공 매니저의 밴이 출발했다. 손을 흔들어준 민호는 잡다한 짐을 전부 캐리어에 몰아넣고, 애장품과 셀캠용 장비만 백팩에 넣은 간편한 차림으로 게이트 안에 들어섰다.

유리문 저편으로 보이는 라운지에 E 스포츠 한국대표 선수 몇몇이 모여 있는 것이 보였다. 타 장르의 선수들은 잘 모르는데다 그다지 친하지 않기에 대표단 감독과 코치에게만 다가가 인사한 뒤에 카트를 찾아 짐을 올렸다.

'할 것도 없는데 팬미팅용 영상이나 잠깐 찍을까?'

그러나 민호는 잘 몰라도 선수단 대부분은 민호를 알고 있었다.

"강민호 선수! 저 청춘일지 무척 재밌게 봤어요. 다음 주에도 나오시나요?"

"아니요, 그건 특별 출연이라."

"메디컬 24시 다음번엔 어떤 의사분과 다니세요?"

"촬영이 3주 뒤라 아직 잘 몰라요."

민호는 마주치는 사람마다 방송에 대한 이야기를 주고받기 바빴다. 겨우 대화를 끝내고 벤치에 앉은 민호는 한숨을 돌린 후에 백팩에서 셀프 카메라, 셀캠을 꺼냈다.

삑.

전원 버튼을 눌렀다.

"아아, 들리시죠? 여기는 출국장 안입니다. 지금 보이는 저분들이 이번 WCG에 대표로 나가는 선수분들이고, 저는 그중에 펜타스톰이라는 게임에 출전할 예정이에요. 참, WCG는 월드 사이버 게임의 줄임말인 거 아시죠?"

삼삼오오 모여 있는 선수들을 비추던 셀캠의 작은 화면에 한 사람의 얼굴이 잡혔다.

"민호 선배님!"

펜타스톰에 같이 출전하는 선수, 이택용이 민호를 알아보고 달려왔다.

"오, 택용아. 오랜만이야."

"학교 가신 거 봤어요."

"학교?"

"진규랑 같이 수업받으신 거요."

민호는 이쪽도 TV 얘기를 하는 것임을 깨닫고 싱긋 웃었다.

"여긴 펜타스톰 섬머리그에서 3위 한 이택용 선수. 택용아, 카메라 보고 인사 좀 해줘."

"카메라요?"

"팬미팅 때 쓸 영상 촬영 중이거든."

이택용은 민호가 손에 들고 있는 카메라를 확인하더니 웃매무시를 가다듬고 포즈부터 잡았다.

"이택용입니다!"

"너무 작위적이야. 자연스럽게 해봐."

"선배님, 이거 편집도 되는 거죠?"

"그럼."

그렇게 촬영하는 도중 섬머리그 1위, 김윤열도 게이트 안으로 들어와 민호의 카메라와 마주했다.

"선배님, 안녕하세요."

"윤열아. 카메라 보고 인사 좀 해줘."

"바, 반가워요."

"왜 그렇게 얼어 있어? 여러분, 저 사람이 WCG 펜타스톰 부분 우승 후보입니다."

"아녜요, 민호 선배님이야말로 우승 후보죠."

민호는 카메라 앞에서 계속해서 긴장한 모습만 보이는 두 후배를 보며 새삼 깨달았다. 대분의 사람들은 카메라를 들이대면 어색해한다. 그간 개인 VJ를 달고 하는 촬영에 익숙해져서 의식하지 못하고 있던 것뿐이었다.

"다들 티켓팅! 출국 수속 하세요!"

30여 명의 인원이 전부 모인 것을 확인한 코치의 외침에 민호는 카메라를 끄고 카트에 손을 올렸다.

-파리행 FS-17 에어프랑스 항공편을 이용하시는 손님들께서는 12번 게이트로 와주시기 바랍니다.

'여긴가?'

민호는 에어프랑스 탑승이 시작된 12번 탑승 게이트 앞에 줄을 섰다. 바로 뒤를 따르던 김윤열과 이택용은 게이트 앞에서 탑승 절차를 돕고 있는 두 명의 스튜어디스를 보고 눈이 커졌다.

"외, 외국인이야."

"윤열 선배님은 영어 좀 하세요?"

이택용의 물음에 김윤열은 고개를 좌우로 휘저었다. 이택용의 시선이 민호를 향했다.

"나도 영어는 그렇게 잘 못해."

이렇게 대답한 민호는 주머니에서 반지를 꺼내 착용했다. 그간 틈날 때마다 영어를 계속 외워댔더니 반지를 통해 자동 직역되어 들리는 것의 어색함은 많이 사라졌다.

'확인해 볼까?'

프랑스인 스튜어디스가 티켓 확인을 위해 손을 내밀었다. 민호는 티켓을 내밀며 말했다.

『비행 잘 부탁해요. 혹시 기내식에 한식도 있나요?』

민호의 입에서 튀어나온 유창한 프랑스어에 스튜어디스도, 뒤를 따르던 두 후배도 놀랐다.

스튜어디스가 친절한 미소를 지으며 대답했다.

『준비된 기내식은 비프 소테와 치킨 불고기 두 종류입니다. 자세한 건 좌석 앞에 있는 안내 책자에 한글로 적혀 있으니 확인해 보세요.』

『아, 감사해요.』

'메르시~' 하고 인사한 뒤에 안으로 들어가는 민호의 당당한 모습에 두 후배의 부러운 시선이 꼽혔다.

이택용이 김윤열에게 말했다.

"와, 민호 선배님 소문대로 장난 아니네요."

"소문?"

"머리도 좋은데다 예체능도 못하는 게 없는 천재라는 말이 있어요. '더 스쿨' 안 보셨죠? 거기 수업 시간에 민호 선배님이 한 거 장난 아니었어요. 화학 시간에 폭죽 만들고 체육 시간에 날아다니는 거 보셨어야 하는데."

에어프랑스 안 일반석에 자리를 잡은 민호는 정면 스크린의 비행 예정시간표부터 확인했다.

도착은 10시간 후.

편안히 눈을 붙이기 위해 백팩에서 호리병을 꺼냈다.

"기다려라, 파리야. 눈 깜짝할 사이에 날아갈 테니."

40.
미션 파서블 : 파리 프로토콜 (2)

세계 각국과 파리를 연결하는 유럽의 교통 허브, 샤를 드골 공항의 활주로에 에어프랑스 FS-17편이 내려앉았다.

『승객 여러분, 파리에 도착했습니다. 소중한 여행을 에어프랑스와 함께해 주셔서 대단히 감사합니다. 여러분의 목적지까지 편안히 가시기 바랍니다.』

안내 방송이 끝나고, 안전벨트를 푼 민호가 자리에서 일어나 크게 기지개를 켰다. 선반에서 백팩을 꺼내 밖으로 나가는데, 승객들을 배웅하고 있는 스튜어디스 무리와 마주쳤다.

『덕분에 편하게 왔어요. 고마워요.』

『손님, 한국분 아니신가요? 프랑스어 정말 잘하시네요.』

『그래요? 후후.』

인사만 하고 발을 떼려 했다. 그러나 민호는 몸매와 얼굴이 남다른 그녀들에게 묘한 감정이 꿈틀거리는 것을 느꼈다.

저들 중 마음이 맞는 한 명, 혹은 여럿과 호텔에 직행해 가볍게 몸을 풀고, 기관의 비밀임무를 수행하기 위해 움직이는 일련의 익숙한 과정이 머릿속을 스쳤다.

'가볍게 몸을…….'

갑자기 떠오른 망측한 생각은 상상이 아니라 누군가의 추억이었다.

민호는 반지에 시선이 머물렀다. 본고장이라 할 수 있는 유럽 땅을 밟자마자 반지에 깃든 요원의 본능이 강해진 기분이 들었다.

'진정하자. 국제 성추행으로 호적에서 이름 파일 수도 있어.'

민호는 '참을 인' 자를 수도 없이 되새기며 비행기에서 내려섰다. 앞으로 있을 십여 일의 여정 동안 편하려면 반지는 계속 끼고 있어야 했다. 본능을 자제할 수밖에 별도리가 없었다.

입국 수속을 끝마치고, 선수단 전부 수하물 수취대에서 짐을 다 챙기자 코치가 말했다.

"2번 터미널 9번 출구에서 리무진 버스를 타고 갈 겁니다."

파리 시내로 향하는 버스 안.

이곳의 현재 시각은 오후 3시였으나 서울은 밤 10시였다. 자리에 앉은 선수단 대부분 시차와 오랜 비행의 고단함 때문에 꾸벅꾸벅 졸았다. 취화정의 컨디션 조절로 완벽하게 시차에 적응한 민호만 창밖을 둘러보는 여유를 보이고 있을 뿐이었다.

멀어지는 샤를 드골 공항의 외관 자체는 특별할 것 없는 현대식 건물이었으나 그 안에 자리해 있는 언어는 전부 외국어였다. 버스 안에서 들려오는 안내 방송조차도 프랑스어에 이어 이탈리아어, 독일어가 흘러나왔다.

아직 파리 시내의 유명한 명소를 구경한 것이 아님에도 여행의 설렘이 시작되기에는 충분한 모습이었다. 선수단 모두 피곤해하면서도 낯선 언어의 향연에 신기해하는 눈치였다.

그러나 민호는 담담했다.

반지 때문에 서울에 있다가 부산에 잠깐 들러 사투리를 경험하는 것마냥 언어가 익숙하게 느껴졌다.

한국에서와는 다른 방식으로 꿈틀거리는 반지의 기묘한 본능에 대한 불안감만 없다면, 관광책자 없이도 어디든 자유롭게 돌아다닐 수 있을 것만 같은 기분이 들었다.

민호는 반지를 향해 속으로 주의를 주었다.

'침착해, 요원. 지금은 살인면허를 들고 활약하던 냉전 시

대가 아니야.'

버스는 한참을 달려 파리 시내에 진입했다.

"에펠 탑이다!"

앞쪽에 앉아 있던 선수 하나가 외치자 졸고 있던 이들이 눈을 번쩍 뜨고 창밖으로 시선을 보냈다.

"우와아!"

"크기 좀 봐!"

민호도 창밖 저 멀리 보이는 파리의 상징 에펠 탑에 시선이 머물렀다.

시원하게 펼쳐진 녹색지대 위에 웅장하게 솟아 있는 324미터의 거대 철탑은 그 아래 구경하는 사람들을 마치 거인국에 놀러 온 소인과 같은 모습처럼 보이게 만들었다. 깍두기처럼 네모로 깎아버린 길가의 나무도 새로웠고, 2층 구조의 버스 위에 아무렇지도 않게 앉아 있는 프랑스인들의 모습도 새로웠다.

'여기가 파리구나.'

비로소 실감이 나는 도시의 모습에 민호는 감탄했다.

지이잉.

버스가 시내에 들어와 대표단 숙소가 위치한 장소로 이동하고 있을 무렵, 출국 전 로밍을 끝냈던 휴대폰에 문자가 하나 왔다.

[민호 씨, 지금쯤 도착했을 것 같은데 어디세요?]

서은하의 문자였다. 민호는 바로 답장을 적기 시작했다.

[몽파르나스 역 쪽으로 가는 길이에요. 숙소에서 짐 풀고……]

여기까지 적은 민호는 바로 앞에 앉아 있던 S1 타이거 게임단 코치, 진상현에게 물었다.

"진 코치님. 저희 훈련은 언제쯤 할 수 있나요?"

"왜? 오늘부터 연습하게?"

민호는 옆 라인에 앉아 기절해 있는 김윤열과 이택용을 바라보았다. 저런 컨디션으로는 훈련하는 것 자체가 마이너스다.

"오늘은 푹 쉬어. 내일부터 시간 충분히 배정해 줄 테니 그때 훈련 시작해. 해외 대회는 몸과 멘탈 관리가 먼저다."

진 코치의 말에 민호는 고개를 끄덕였다. WCG는 평일 사흘 동안의 현지 적응 훈련, 토요일 예선, 일요일 본선 토너먼트의 일정으로 진행된다.

[짐 풀고, 시간 좀 남아요. 노트 지금 갖다 줄까요?]

답문을 보내자 바로 전화가 걸려왔다.

–민호 씨!

휴대폰 너머로 국제전화로 들을 때보다 훨씬 가깝게 느껴지는 서은하의 목소리가 전해졌다.

–저희 생 제르맹에서 촬영 중이에요. 제 신은 거의 끝나

가는데 이리로 오시겠어요? 찾기 어려우시면 담당 매니저님 픽업 보낼게요.

"아녜요, 앞에 가서 전화할게요."

전화를 끊고, 민호는 관광책자를 꺼내 생 제르맹을 찾아보았다. 소르본 대학, 파리 6대학, 7대학, 그랑제꼴이라는 엘리트 교육기관이 자리한 대학가. 어딘지 서은하와 어울리는 장소 같아 보였다.

서은하의 얼굴이 아른거리자 민호는 또 다른 기대감에 불타올랐다.

어딜 봐도 로맨틱한 분위기가 물씬 넘치는 이국적인 건물들이 가득한 도시. 이곳에서라면 한국에서와는 전혀 다른 색다른 일들을 경험할 수 있을 것만 같았다.

'색다른 애장품을 발견해도 좋고 말이지.'

WCG 한국 대표 선수단이 타고 있는 버스가 파리 남서쪽 시내의 사거리 모퉁이에 도착했다.

"다들 일어나세요. 도착했습니다."

앞좌석에 앉아 있던 파리 일정 담당 가이드의 말에 모두 부스스 눈을 떴다. 짐을 챙겨 내릴 준비를 시작하는 도중, 뒤늦게 깨어난 이택용이 창밖을 바라보며 물었다.

"선배님, 여기가 몽파르나스 역인가요? 경기장이 그 옆이라던데 어디지?"

민호는 좌석에서 일어서며 고개를 저었다.

"역하고 경기장은 방금 지나쳤고, 저건 숙소. 호텔 '에두아르'라고 쓰여 있네."

"그래요? 다 비슷비슷하게 생겨서 헷갈려요."

하품하며 버스에서 내려선 선수단은 앞으로 5일간 묵을 숙소의 전경과 마주했다. 아담하고 네모난 창문이 질서 정연하게 배치된 유럽풍의 건물. 한국과는 전혀 다른 분위기에 숙소라기보다는 예술적인 건축물을 보는 것처럼 다들 감탄했다.

'2성. 평범한 호텔 잡았네. 대회 운영비가 빠듯한가?'

오로지 반지에 영향을 받고 있는 민호만 이런 생각을 할 뿐.

로비에서의 체크인과 방 배정은 호텔 측에서 미리 준비해놓은 탓에 금방 끝났다. 후배 둘과 203호에 들어선 민호는 짐을 내려놓자마자 바로 내려왔다.

"진 코치님."

현관 옆쪽의 휴게실에서 담소 중인 코치들 틈에서 펜타스톰 담당 진상현을 불렀다.

"어, 민호야."

"저 거리 구경 좀 하고 밤에 올게요."

"지금? 다른 팀 선수들은 전부 뻗었다고 하던데 넌 안 피곤해?"

"낮에 너무 자면 밤에 잠 안 와요. 시차 적응해야죠."

"뭐, 체력 되면 그것도 나쁘지 않은 방법이지. 구경할 거면 가이드님 불러줄까?"

"괜찮아요. 생 제르맹 거리 여기서 별로 안 멀거든요. 대로 따라 쭉 15분 정도만 걸으면 돼요. 거기 영화에도 나온 서점이랑 문학 카페랑 먹자골목도 있다니까 코치님도 한번 가 보세요."

"벌써 그런 걸 다 파악해 놨어?"

'서은하를 만난다는데 이 정도쯤이야' 하는 가벼운 웃음과 함께 민호는 현관을 나섰다. 촬영장으로 이동하기 위한 민호의 발걸음은 더할 나위 없이 가벼웠다.

'가만, 가는 길에 좀 찍을까?'

민호는 거리를 걸으며 백팩에서 한 손에 쏙 들어오는 셀캠을 꺼냈다.

삑.

"파리에 도착했어요. 짜잔~ 보이시죠?"

홀로 보는 것이 아니라 팬들이 보는 것을 촬영한다는 생각이 들자 이것도 나름 재밌다는 생각이 들었다. 식사할 때마다 음식 사진을 꼭 찍어서 친구들에게 공유하는 이들의 심정이 조금 이해 간다고나 할까?

“아, 저는 지금 한국에서 인기리에 방영 중인 드라마 촬영장에 가고 있는 길이에요. 다들 ‘사계절의 행운’ 보셨나요? 여기 출연 중인 서은하 씨와 친분이 있어서 카메오 출연을 했었어요.”

카메라와 대화를 하듯 말하고 있던 민호는 거리의 꽃가게 앞에서 화분에 물을 주고 있던 주인아저씨와 눈이 마주쳐 ‘봉주르~’ 하고 인사했다. 꽃가게 주인도 미소를 지으며 화답했다.

민호는 꽃가게 앞을 지나다 그도 모르게 걸음을 멈췄다. 반지의 본능이 여자를 만나러 가는데 꽃을 지나칠 순 없다고 말하고 있었다.

진열된 꽃에 시선이 머문 민호의 옆으로 주인이 다가왔다.

『찾으시는 꽃이 있나요?』

『진짜 아름다운 여자를 만나러 가는데 그에 걸맞은 꽃 한 송이 추천해 주시겠어요?』

주인은 동양인 청년의 유창한 프랑스어와 낯 뜨거운 추천 요구에 너털웃음을 터뜨리며 물었다.

『이건 어때요?』

주인이 가리킨 것은 새하얀 꽃, 마거리트였다. 꽃잎을 하나씩 따면서, ‘좋아한다, 좋아하지 않는다’를 중얼거리며 연애 운을 따져보기 좋을 만큼 잎이 아담하고 수북했다.

『주세요.』

『고백 성공하시길』

『하하, 그런 건 아니지만 왠지 그러고 싶네요.』

민호는 포장된 꽃을 들고 흥겨운 발걸음을 이어 나갔다.

생 제르맹 데 프레 광장.

고풍스러운 외관을 가진 성당이 한눈에 보이는 거리 한쪽에는 '사계절의 행운' 촬영이 한창이었다. 반사판을 들고 있는 조명 스태프와 마이크 대를 손에 쥔 음향 스태프들 사이로 청초한 외모가 빛을 발하는 한 아가씨가 자리해 있었다.

"레디~ 액션!"

카메라가 돌기 시작했다. 지나가던 행인들도 자체발광하는 한국 여배우의 모습에 잠시 걸음을 멈추고 촬영을 구경하기 시작했다.

"서은하 씨 쉬는 시간 동안 뭐 좋은 일이라도 있었나? 아까는 지쳐 보이더니."

모니터링 화면을 들여다보던 권우철 PD는 서은하의 밝은 모습에 신기하단 표정이 됐다.

강행군이라 할 수 있는 촬영을 계속해 온 탓에 연기가 조금 늘어지더라도 그냥 넘어가야겠다고 마음먹은 것이 불과 30분 전. 지금의 서은하는 첫날과 다름없이 생기발랄함을 뽐내는 중이었다.

"저는 알죠~"

뒤에서 지켜보고 있던 홍은숙 작가의 말에 권 PD가 눈을 치켜떴다.

"그래요? 뭔데요?"

"오늘치 은하 씨 분량은 저게 끝이니까요."

"흠, 은하 씨가 촬영이 적다고 저렇게 좋아할 성격이었던가?"

"끝나고 할 일을 기대하는 거죠, 후후."

"관광?"

"에이, 설마요."

권 PD는 모르겠다는 얼굴이 되어 클로즈업에 들어간 서은하의 연기를 유심히 관찰했다. 옆의 엑스트라들은 아침부터 이어진 촬영에 힘겨워하는 기색이 보이는데, 그녀는 아무리 봐도 행복해하는 표정이었다.

서은하가 광장을 거닐며 프랑스에서 사귄 젊은 테니스 선수들과 손짓 발짓으로 대화를 나누는 신의 촬영은 이후 20분간 이어졌다.

"이 정도면 손색없겠어."

모니터에 집중하고 있던 권 PD가 손을 들어 올렸다.

"컷! 오케이, 지금 걸로 갑니다!"

종료 사인에 스태프들과 배우들 사이로 수고했다는 인사말이 오갔다.

"다들 철수 서둘러. 해 떨어지기 전에 다음 촬영지로 이동!"

조연출의 외침에 스태프들이 바쁘게 뒷정리를 시작했다. 허가된 장소에서 허가된 시간에만 찍어야 하는 파리 촬영의 어려움에 주연 배우는 물론이고 스태프들도 강행군 중이었다.

홍 작가가 권 PD 옆으로 다가왔다.

"PD님. 어제 말한 마지막 날 촬영 씬 말인데요. 은하 씨 단독 신이 아니라 강민호 씨도 함께 촬영할 수 있을까요?"

"네? 그게 가능하겠어요?"

"장면은 나왔어요."

드라마 시청률은 타국에서도 실시간 모니터링 중이라, 어젯밤에 한국에 방영된 7화의 반응이 예사롭지 않다는 것은 권 PD도 알고 있었다.

대한민국 테니스 선수들의 성장기를 담은 스포츠 드라마. 연애 쪽은 비중 있게 다루지 않고 있었음에도 시청률이 3%나 증가했다.

"다 좋은데 강민호 씨가 없잖아요."

"왜요, 저기 보세요."

권 PD는 데 프레 광장 저편에 막 나타난 청년, 강민호를 발견하고 놀란 표정을 지었다.

홍 작가는 머릿속으로 드라마 시나리오를 빠르게 훑었다. 시청자들의 반응을 실시간으로 반영해 스토리를 수정하는 건, 인기 드라마작가의 기본 소양과도 같았다.

"다음 주에 방영될 10화 말미에 에필로그로 회상 신 하나 덧붙이고, 파리 촬영분이 나올 13화부터 본격적으로 등장하는 거죠. 성공한 셰프로 한국에 귀국해서. 음식 관련 광고 엄청 붙을걸요?"

"그 정도면 주조연인데 섭외할 수 있겠어요? 3% 올린 공신이니 국장님도 출연료 두둑하게 챙겨서 섭외해 보라고 하시겠지만, 소문 들어보니 예능 위주로만 방송할 모양이던데. 청춘일지 대박난 거 보고 예능국 PD들이 난리도 아니에요."

홍 작가는 두리번거리며 서은하를 찾고 있는 민호를 보고 묘한 미소를 지었다.

"아마, 민호 씨 출연료는 신경도 안 쓸걸요?"

"후, 끝났어."

서은하는 촬영이 끝난 직후, 광장 한쪽의 노천카페에 앉았다.

"수고하셨습니다, 은하 씨."

말끔한 정장 차림의 혼혈 사내가 서은하의 곁으로 다가왔다. KG엔터에서 함께 온 외국 담당 실장, 리키 한은 서은하의 소지품이 들어 있는 가방을 탁자 위에 올려놓고 물었다.

"여기서 호텔로 바로 가시겠습니까?"

"민호 씨 오는 중이거든요. 호텔은 알아서 갈 테니 실장님도 오늘은 그만 쉬세요."

"그러시면 매니저를 붙여 놓겠습니다."

"아니에요, 괜찮아요. 저녁도 먹고 갈 테니까 신경 안 쓰셔도 되요."

'두 분만으로 괜찮으시겠어요?' 하는 한 실장의 눈길에 서은하는 걱정하지 말라는 듯 가방에서 '파리지앵처럼 여행하는 법'이란 책자를 꺼내 흔들었다.

"이거 두 번씩이나 봤어요."

"알겠습니다. 그럼, 일 생기면 바로 전화 주십시오."

"고마워요, 실장님."

한 실장이 인사하고 떠난 뒤, 서은하는 촬영 때문에 잠시 꺼두었던 휴대폰을 켰다. '거의 다 왔어요'라는 민호의 문자를 확인한 서은하의 입가로 웃음기가 부드럽게 어렸다.

"날씨 좋다~"

파리의 높은 하늘도, 습기가 적은 이국의 청량한 바람도, 가을 분위기를 물씬 풍긴다는 점은 한국과 다르지 않았다. 다만, 오후의 햇볕은 아직 따가워서 서은하는 땀이 나는 이마를 한 손으로 훔치다가 멈칫했다.

'메이크업했지 참.'

촬영 때문에 화장을 꼼꼼히 한 까닭에 손등에서 파우더가 약간 묻어 나왔다. 서은하는 지울까 고민하다 홍 작가님이 오늘따라 더 예쁘다고 말했던 기억이 떠올라 그만두었다. 그리고 손수건을 꺼내 이마를 톡톡 두들겼다.

"손거울을 어디다 뒀더라?"

가방을 뒤적거리기 시작한 서은하. 평소 꾸미는 것에 그다지 관심을 두지 않았던 그녀지만 지금은 자꾸만 신경이 쓰였다. 잠시 뒤에 만날 한 남자 때문인지, 파리라는 세계적인 도시 한복판에 앉아 있어서인지는 모르겠다.

아마도 전자일 것이란 생각에 서은하는 풋 하고 웃고 말았다.

노트를 핑계로 파리에서의 저녁 약속을 잡은 어젯밤.

사전 취재로 파리를 방문한 경험이 있던 홍 작가님이 괜찮은 레스토랑을 알고 있다며 손수 예약까지 해주었다. 오늘 민호가 오면 그곳에 가볼 생각이었다.

『혼자 남으셨네요? 관광이라도 하실 생각인가요?』

중저음의 프랑스어가 들려 서은하가 고개를 돌렸다. 며칠 간 함께 촬영하고 사진도 찍었던 프랑스 남자가 웃음기를 띤 채로 다가왔다.

"아, 루이 씨."

한국에서 활동하는 모델인 터라 한국어도 잘하는 분이었기에 서은하가 되물었다.

"뭐라고 하셨죠?"

"관광하실 거냐고요."

"네, 시테 섬 주변을 둘러볼 생각이에요. 맞다, 루이 씨. 혹시 추천할 만한 장소 있어요? 관광 책자에는 없지만 파리 사람은 잘 아는 그런."

루이는 외국인 특유의 색이 다른 눈을 반짝이며 대답했다.

"제가 직접 안내해 드릴게요. 프랑스어도 가르쳐 드리면서."

"아니요, 그러실 필요 없어요. 친구와 같이 갈 거라서요."

"친구? 프랑스인?"

"프랑스인은 아니에요."

"제가 두 분 다 안내할게요. 시테 섬 주변은 관광객이 많아서 그 뭐였지? 바가지. 그거 많아요."

"그래도……."

"한국어랑 프랑스어 둘 다 잘하는 가이드. 그게 바로 저예요."

완곡히 거절의 뜻을 내비치는 서은하에게 루이는 끈질기게 달라붙었다. 한번 꽂힌 여자에게는 끝까지 돌진하는 것이 바로 그의 성격. 이런 미남이 매너 있게 접근하는데 거부하는 여자는 본 적이 없었다.

『루이 드 라니옹. 테니스 경력 3년의 아마추어.』

난데없이 들려온 프랑스어에 루이는 '응?' 하고 고개를 돌렸다. 그러다 프랑스어를 전혀 할 것 같지 않은 동양인 청년 하나를 발견했다.

키는 자신보다 조금 작은 정도에 외모는 그럭저럭, 나쁜 편은 아니었다. 근육질이라고 볼 순 없지만 어깨는 적당히 벌어져 있는 청년을 향해 루이가 물었다.

『방금 당신이 얘기한 거야?』

『그럼. 여기에 루이가 또 있나? 잠깐만, 인사 좀 하고.』

동양인 청년은 루이를 옆으로 밀치고 서은하가 앉은 테이블로 다가섰다.

"민호 씨!"

"근처 지리가 헷갈려서 좀 늦었어요. 그리고 이거."

"어머."

서은하는 민호가 내민 꽃 한 송이를 받아 들고 활짝 웃었다. 루이는 촬영 내내 전혀 볼 수 없었던 그녀의 진솔한 미소를 접하고 패배감에 휩싸였다.

민호가 등을 돌렸다.

『우린 이만 가봐야 하는데 뭐 더 할 얘기 있어? 참, 프랑스어 한국어 둘 다 가능한 가이드는 보시다시피 필요 없어.』

루이는 살짝 위축된 표정으로 민호에게 말했다.

『당신 그 카메오 맞지? 고작 한 회 출연한.』

『그건 맞는데.』

민호는 루이에게 바짝 다가와 귀띔했다.

『고작 한 회지만 드라마에서 유일하게 은하 씨와 키스 신을 찍었지. 비중이 어떤지 알겠어? 엑스트라씨.』

『엑스트라라니!』

『진정하고. 만나서 반가웠어, 루이 씨. 나중에 테니스나 한 게임 하자고.』

손을 흔들며 멀어지는 민호. 루이는 속으로 분해하면서도 서은하가 웃으며 인사하자 꾹 참고 손을 흔들어 주었다.

민호와 서은하는 광장을 벗어나 파리의 이름 모를 골목길에 접어들었다.

"루이 씨랑 무슨 얘기한 거예요?"

광장에서 건네준 꽃을 손에 쥐고 향을 맡고 있던 서은하가 고개를 돌려 물어왔다. 민호는 곤란한 질문이라는 듯 턱을 긁적이다 대답했다.

"남자들의 대화랄까요?"

"뭐예요, 그게."

서은하가 피식 웃자 민호도 같이 웃으며 어물쩍 넘어갔다. 서철중의 특명을 얘기했다가는 가뜩이나 집에서 이래저래 치이고 있는 그의 위상이 바닥으로 떨어질 위험이 있었다.

'그나저나 파리 공기를 마셔서 그런가? 왜 이렇게 예뻐 보이는 거야?'

하늘거리는 원피스를 입고 파리 한복판에 내려온 천사 같은 모습을 한 그녀. 반지의 욕구가 자꾸만 어깨에 손을 두르라고 아우성이었기에 민호는 이걸 빼야 하나 심각하게 고민했다.

말없이 걷다 보면 실수할 것 같아 민호는 고민 끝에 입을 열었다.

"몸은 괜찮아요? 은하 씨 아버님께 듣기로는 근육통이 있다고 하던데."

"견딜 만해요. 그런데 아빠가 그런 얘기도 했어요?"

"저 반장님과 좀 친해졌습니다. 하하!"

민호의 말에 서은하가 '진짜요?' 하는 표정이 됐다.

"어쩌다 보니 통하는 면을 찾았거든요."

"민호 씨 운동 센스 때문일 거 같아요. 임 형사님 이겼다는 말 듣고 꽤 놀라신 눈치였어요."

차마 서은하에게 점자시계의 개그 센스 때문임을 밝힐 수가 없어 민호는 대충 고개를 끄덕였다.

'점수를 잃을지 모를 몹쓸 개그를 칠 수야 없지.'

두 사람이 골목에서 나오자 센 강의 풍경이 눈앞에 쫙 펼쳐졌다.

노을의 색으로 물든 구름 조각이 둥실 떠있는 운치 있는 강의 모습. 파리 사람들에게는 익숙할지 모르나 민호에게는 새로웠다. 평상시에는 올 수 없는 타국의 산책로를 아름다운 그녀와 거닐고 있는 상황 자체가 민호를 들뜨게 했다.

그래서일까?

민호는 센 강의 강변으로 내려가는 계단을 가리키며 서은하에게 손을 내밀었다.

"저녁 먹기 전에 강 구경 좀 할까요?"

내민 손이 너무 자연스러워 서은하는 무심코 민호의 손을 붙잡았다. 그리고 얼굴이 붉게 달아올랐다. 기왕 제안한 거 끝까지 뻔뻔함을 유지하려던 민호도 그 모습에 심장이 벌렁거려 같이 얼굴이 붉어졌다.

"아직 저녁 시간 많이 남았어요. 홍 작가님이 예약해 주신 레스토랑은 8시부터래요."

"기대되네요. 무슨 음식이 나올지."

"민호 씨는 프랑스 음식 아는 거 있어요?"

"라따뚜이?"

"그거 지난번 촬영 때 나온 거잖아요."

"저는 처음에 쥐 이름인 줄 알았어요."

"저도요. 후후."

막상 손을 붙잡고 걷기 시작하자 어색함은 금세 사라졌다. 두 사람은 이내 센 강의 풍광을 감상하는 여행자가 되어 산책을 즐기게 됐다.

목적지 근처에 도착했을 때는 오후 7시였다.

아직 시간의 여유가 있었기에 센 강변의 벤치에 앉아 쉬고 있던 서은하는 앞에서 셀캠을 들고 풍경을 촬영 중인 민호에게 시선이 머물렀다.

"저기 보이는 것이 시테 섬 한가운데로 들어가는 센 강의 다리입니다. 시테 섬은 여의도 같은 느낌의 강 위에 있는 섬이에요. 노트르담 대성당도 얼핏 보이네요."

민호는 셀캠을 움직여 서은하를 비췄다.

"이쪽은 아까 말씀드린 드라마의 주인공 서은하 씨고요. 한국에 빠트리고 온 물건 하나를 배달해 주고 저녁을 얻어먹기 위해 기다리는 중입니다."

"안녕하세요. 저도 민호 씨 팬이에요."

서은하는 양손을 흔들며 인사했다. 촬영을 끝낸 민호가 벤치에 앉자 서은하가 물었다.

"팬 미팅은 언제 하시는 거예요?"

"귀국하고 며칠 있다 바로 한다고 들었어요."

"민호 씨도 이제 인기 연예인이네요."

"설마요. 그러는 은하 씨야말로 팔로워가 어마어마하잖아요. 100만이던가?"

"그래도 전 연예인이라고 하기에는 무리가 있어요. 학비 벌려고 시작한 화보 촬영이 이렇게까지 커질 줄은 몰랐거든요."

"은하 씨는 졸업하고 나서도 계속 배우 할 건가요?"

"아니요."

그러면 뭘 할 거냐는 민호의 눈길에 서은하는 미소를 그리며 말했다.

"꿈을 이뤄야죠."

"꿈?"

"거창한 건 아니구요, 여러 나라를 돌아다니면서 한국을 대표해서 일하는 직업을 갖고 싶었어요. 외교관 같은. 이것 때문에 아마 졸업하면 외무 아카데미에 도전할 것 같아요. 민호 씨는요?"

"저는……."

민호는 곰곰이 생각하다 말했다.

"3년 계약 끝날 때까지는 연예활동을 계속하겠죠."

"그다음은요?"

"그때 가서 봐야죠. 세상은 할 것도 많고 넓으니까."

말해 놓고 은하 씨에 비해 무책임한 말 같다며 웃는 민호. 서은하는 물끄러미 그를 바라보았다.

공부와 일, 집과 학교밖에 모르던 그녀의 세상에 난데없이 나타난 저 남자는 참 이상했다. 어느 때는 어린아이처럼 호기심에 젖어 있다가도 어느 때는 누구보다 듬직한 면모를 보여준다.

아는 사람 하나 없는 파리 한복판에 앉아 있음에도 불안감보다는 편안한 기분이 드는 것은 바로 그가 옆에 앉아 있기 때문이리라.

해가 완전히 저물자 가로등에 일제히 불이 들어왔다.

민호는 다시 셀캠을 들어 센 강변의 야경을 찍다가 서은하와 눈이 마주쳐 머쓱한 표정을 지었다.

"이게 찍다 보니 묘한 중독성이 있어요."

지금은 다시 호기심 넘치는 눈빛이 됐다. 서은하는 어젯밤, 방 안에 또 쳐들어와 한참 수다를 늘어놓고 나간 홍 작가의 말 하나를 떠올렸다.

"은하 씨. 남자가 자기에게 관심이 있나 없나, 간단히 알아볼 수 있는 질문 하나 알려 줄까? 자기의 어디가 그리 매력적인지 물어봐. 막힘없이 세 개 이상을 말하면 그건 백프로 관심 있는 거야."

"민호 씨."

"네?"

서은하의 부름에 민호가 고개를 돌렸다.

"제 장점이 뭔 것 같아요?"

"은하 씨 장점이요?"

홍 작가의 조언과는 달리 돌려 물은 것이기에 그렇게 기대하고 있진 않았다. 그러나 민호는 바로 대답했다.

"상냥하고, 현명하고, 아는 것도 많고, 야무지고, 외국에서 일하고 싶다는 꿈을 가진 것도 부럽고. 무엇보다 예뻐요. 천사처럼."

"아……."

직접적으로 예쁘다는 말을 듣자 서은하는 당황했고, 반사적으로 술술 대답한 민호도 안색이 변했다. 갑자기 자신의 손을 바라보던 민호는 "이놈의 반지가……"라는 알 수 없는 말을 중얼거리다 손등을 짝 하고 때리고는 벌떡 일어섰다.

"어허! 덥네, 더워."

1시간 전 손을 잡고 강변으로 내려왔을 때보다 더욱 어색한 시간이 흘렀다.

지이잉.

어색함을 깬 것은 서은하의 휴대폰이었다.

"홍 작가님이네. 여보세요?"

—은하 씨, 데이트는 잘돼가?

"그, 그런 거 아니에요."

—호호. 알았어, 알았어. 민호 씨 좀 바꿔줘 봐.

"지금이요?"

—지금.

서은하는 민호를 불렀다.

"홍 작가님이 얘기하고 싶다는데 통화 가능하세요?"

"그럼요."

민호가 휴대폰을 건네받았다.

"네, 홍 작가님. 네, 네? 출연이요?"

한동안 얘기를 듣고 있던 민호의 눈이 반짝였다.

"그렇게까지 여러 편에 출연해야 한다면 공 매니저님과 상의해 보셔야 할 것 같아요. 네, 그러죠."

통화가 끝나고 민호가 휴대폰을 내밀었다.

"무슨 말씀 하셨어요?"

"카메오 출연 얘기요."

서은하는 키스 신이니 뭐니를 말하던 홍은숙을 떠올리고

는 얼굴이 확 붉어져 말했다.

"저 때문에 억지로 출연하실 필요 없어요. 홍 작가님 괜히 찔러보시는 거예요."

"한다고 했어요."

"네?"

"저 대회 끝난 다음 날 촬영이라 크게 부담될 건 없어요. 루이 씨도 나온다고 하고."

"루이 씨는 왜요?"

"그건 반장님이……."

민호는 헛기침을 크게 하더니 손목의 시계를 가리켰다.

"8시 거의 다 됐어요. 갈까요?"

예약한 레스토랑은 시테 섬 인근의 프랑스 요리 전문점으로, 입구에서부터 부드러운 클래식 음악이 흘러나왔다.

민호는 예약 좌석에 앉자마자 시간의 흐름이 19세기에 멈춘 것만 같은 프랑스 전통의 실내장식에 감탄했다. 고급 음식점에 익숙한 요원의 반지도 인정할 만큼 분위기 좋은 레스토랑이었다.

'미슐랭 3등급. 은하 씨 너무 크게 쏘는 거 아닌가?'

강변의 산책 데이트로 충분한 보상을 받고도 남았기에 민호는 나갈 때 자신이 슬쩍 계산해야겠다는 생각이 들었다.

이런 곳에서 대한민국 남자의 매너를 보여줘야…….

"홍 작가님이 지난번 출연 고맙다고 사신다고 했어요."

"그, 그래요?"

서은하의 말에 매너 발현은 물 건너갔음을 느꼈으나 그럼에도 음식은 기대됐다.

"그 카메라 또 안 찍으세요?"

"음식 나오면요."

민호는 옆에 내려놓은 백팩을 툭 쳤다. 그리고 고개를 돌리다 간이 무대 위에서 현악기를 연주 중인 4명에게 시선이 머물렀다.

바이올린 2대, 비올라, 첼로의 사중주.

스피커가 아니라 실제로 연주 중이었다는 사실에 한 번 놀라고, 무대에서 흘러나오는 빛이 조명 때문이 아님에 재차 놀랐다.

"어?"

민호는 은은한 빛을 목격하고 신음을 삼켰다.

'무대가 애장 공간이잖아!'

네 명의 남자 연주자들이 앉아 있는 무대는 원목 기둥이 양쪽에 자리해 있는 원형의 소박한 공간이었다. 그럼에도 가게 전체에 소리가 울릴 수 있는 방사형의 구조를 갖추고 있었다.

"민호 씨."

음식을 기다리며, 민호의 초롱초롱한 시선이 4중주 무대에 온통 집중된 것을 본 서은하가 입가에 미소를 띤 채로 물었다.

"클래식 음악 좋아하세요?"

"잘은 모르지만 듣기는 좋네요."

기대감에 부풀어 올랐기 때문인지 밝고 경쾌한 현악기의 음색이 그저 좋게만 들렸다. 민호는 너무 무대만 쳐다보고 있었나 싶어 서은하에게 고개를 돌렸다.

"은하 씨는요? 클래식 좋아해요?"

"저도 교양 수업 때 배운 게 전부예요. 지금 연주하는 곡이 하이든의 곡이라는 정도만 알아요."

클래식에 대한 것은 공부해 본 적 없기에 민호는 잠자코 듣기만 했다. 서은하 앞에서는 무조건 잘 보이고 싶은 것이 솔직한 심정이지만, 그렇다고 대화 도중에 회중시계를 꺼낼 분위기는 아니었다.

민호는 사람이 너무 완벽하면 그것도 매력이 없는 거라고 스스로 위로했다.

"맞다, 하이든 사후에 무덤이 파헤쳐지고 머리만 사라진 거 아세요?"

"머, 머리가요?"

민호가 호기심 어린 눈으로 바라보자 하이든에 대한 흥미로운 일화가 서은하의 조곤조곤한 설명과 함께 이어졌다.

"하이든의 음악적 재능이 어떻게 생겨난 건지 알고 싶어 한 사람들이 도굴해서 머리를 가져갔어요. 뇌를 조사해 보려고 한 짓이었죠."

"옛날이니까 가능한 생각 같아요."

"돌고 돌아 145년 만에 오스트리아에 돌아왔을 때 수십만 명이 나와 그 머리를 맞이했데요."

교향곡의 아버지라 불릴 만큼 추앙을 받은 위대한 음악가라면 그만큼 소중하게 생각했을 사람이 많았을 것이다. 심지어 죽은 몸까지도.

민호는 문득, 사람의 몸을 도구처럼 여긴다면 그것이 애장품이 될 수 있을지에 대한 궁금증이 생겨났다.

무대 위에서 하이든이 작곡한 4중주 '황제'의 3악장이 시작될 무렵, 갓 구운 빵과 버터가 테이블 한쪽에 세팅됐다. 서은하는 빵의 고소한 향을 맡으며 말했다.

"파리에 와서 여러 음식 먹어 봤지만, 빵만큼은 어딜 가도 맛이 좋았어요."

민호는 바삭한 겉면에 속살은 무척 부드러워 보이는 빵 한 조각에 버터를 착 발라 입에 물었다.

담백하고 쫄깃한 식감에 살살 녹는 버터의 풍미가 더해지자, 이것만 계속 먹어도 만족할 만큼의 풍성한 맛이 민호의 입을 맴돌았다.

"와, 빵 정말 맛있네요."

"그죠? 후후."

코스 요리의 첫 번째는 레몬에 절인 돔과 골드 캐비아였다. 미모사 잎으로 살짝 포인트를 더한, 눈으로 보기만 해도 식욕이 느껴지는 한 접시가 탁자에 올라왔다.

민호는 물론 먹기 전에 셀캠부터 꺼냈다.

"이건 오르되브르예요. 영어로는 에피타이저. 메인 디쉬인 앙뜨레와 쁠라는 뭐가 맛있는지는 몰라서 레스토랑 추천 메뉴를 시켰어요."

카메라를 향해 프랑스 메뉴를 설명해 주던 민호는 그것을 재밌다는 듯 지켜보고 있는 서은하와 눈이 마주쳤다.

"은하 씨는 음식 먹기 전에 사진 같은 거 잘 안 찍죠?"

당연히 고개를 끄덕이는 그녀를 보며 민호는 머쓱해져 헛기침했다. 그때, 레몬 소스의 새콤함에 눈을 윙크하듯 찡그리는 그녀의 모습이 고스란히 셀캠에 담겼다.

'귀, 귀엽잖아!'

민호는 슬쩍 카메라를 옆에 내려놓았다. 전원은 끄지 않은 채로.

'평생 소장용이다, 이건.'

이 부분만큼은 나중에 따로 빼내 혼자만 간직해야겠다고 다짐하는 민호였다.

이윽고, 메인 요리가 탁자 위에 올라왔다.

윤기가 좔좔 흐르는 오리 고기에 천연 향신료가 뿌려져 있는 한 접시. 육즙이 군침을 돌게 하는 양고기구이에 광귤 소스가 버무려져 있는 한 접시.

"이건……."

민호는 입이 딱 벌어졌다.

눈을 보는 것만으로도 황홀할 지경인 두 요리는 순식간에 비워졌다. 두 사람 다 시장기를 느끼고 있던 터라 잠시 대화가 멈췄을 정도였다.

"저 잠깐만 실례 좀 할게요."

배도 적당히 채웠겠다, 민호는 후식이 나오기 전에 애장공간을 구경하기 위해 서은하에게 양해를 구하고 테이블에서 일어섰다.

화장실 표시가 있는 곳으로 향하기 직전, 은은한 빛이 어려 있는 무대의 한쪽 기둥에 슬쩍 손을 올렸다. 빛이 사라지며 동시에 민호의 귓가로 잔잔한 피아노 소리가 들리기 시작했다.

-브라보! 얀, 자네의 쇼팽은 최고야!

그리고 눈앞에 번뜩인 환상.

무대 위 4중주를 연주 중이던 네 사람은 사라지고, 그 자리에 피아노를 연주 중인 한 청년, 얀이 나타났다. 더불어 레스토랑 안의 전경도 음식점이 아닌 작은 음악 살롱으로 변했다.

서정적인 멜로디가 가슴을 차분히 어루만져 주자 환상을 지켜보고 있던 민호도 흠뻑 빠져들었다.

음악은 세계 공용어라는 말이 있다. 쇼팽의 곡은 처음 듣지만, 음악을 사랑하는 이들의 낭만과 열정이 살아 숨 쉬는 듯한 기분에 취한 민호는 그도 모르게 콧노래를 흥얼거렸다.

—감사합니다, 여러분.

—얀, 한 곡만 더 부탁해. 제발!

민호도 환상 속의 얀을 지켜보며 관중과 마찬가지로 속으로 앙코르를 외쳤다.

—아마도 이번 곡이 제가 이 무대에서 연주하는 마지막 곡이 될 것 같습니다.

—그게 무슨 소리야?

—저는 조국, 체코로 돌아갑니다.

68년, '프라하의 봄'이라는 자유주의 운동이 시작된 체코에 소련의 20만 대군이 침공해 강압적이고 암울한 공산주의 체제로 되돌아간 사건.

당시 많은 젊은이가 소련의 체제에 반항하다 다치고 목숨을 잃었다.

민호는 역사적인 지식은 없었으나 이때 얀이라는 청년에게 찾아온 감정만큼은 고스란히 느낄 수 있었다.

–음악은 상처 난 마음에 대한 약이에요. 미약한 제 능력으로 조국의 사람들을 위로해 주고 싶습니다.

파리 국립 음악원의 촉망받던 피아니스트가 보장된 미래를 포기하고 조국으로 돌아가겠다 선언하는 장면을 끝으로, 추억의 장면은 서서히 사라져 갔다.

마지막 앙코르곡을 듣고 있던 관객이 소리 없는 박수와 응원을 보내는 가운데, 민호는 가장 앞좌석에 앉아 눈시울을 붉히고 있는 한 프랑스인에게 시선이 머물렀다.

『손님.』

그리고 그 프랑스인의 얼굴에서 40여 년은 늙어버린 얼굴이 된 노인이 민호의 앞에 섰다.

『손님?』

민호는 퍼뜩 정신을 차렸다. 무대는 어느새 4중주가 끝나고 뒷정리 중이었다.

'이크, 얼마나 넋 놓고 있었던 거야?'

흘끔 서은하 쪽을 보니 다행히 디저트를 맛있게 먹고 있었다.

『손님, 괜찮으십니까?』

기둥에 기대어 아무것도 없는 무대에 멍하니 시선을 두고 있던 민호의 상태가 이상했던지 노인이 걱정스러운 표정으로 다가섰다. 나비넥타이에 명품 중의 명품으로 보이는 신사복을 걸치고 있는 상대는 얼핏 봐도 보통 신분이 아닌 듯 보였다.

'날 손님이라 부른 거 보면 이 가게 주인인가?'

재빨리 상황을 파한 민호는 웃으며 대답했다.

『잠시 구경 좀 했어요. 이 무대 무척 유서가 깊어 보여서요. 예전에는 레스토랑이 아니었나 봐요?』

『오, 그걸 알아보셨네요?』

『옛 물건에 관심이 많다 보니…… 하하.』

민호가 얼버무리는 와중에 노인은 무대 구석에 자리해 있는 낡은 그랜드 피아노에 시선이 머물렀다. '많은 사람이 이 무대를 거쳐 갔죠'라고 중얼거린 노인이 고개를 돌렸다.

『저는 피에르 그라비라고 합니다. 음식은 입에 맞으십니까?』

레스토랑에 들어서며 'Pierre'라는 간판을 확인했던 민호는 상대가 주인임을 실제로 확인하고 신음을 삼켰다.

얀이 떠날 때 누구보다 슬퍼하던 관객은 지금, 이 건물의 소유주가 되어 얀을 그리워하고 있었다.

'음…….'

그렇게 애장공간의 실체를 파악하자 민호는 피아노를 쳐 보고 싶어 손가락이 근질거려 왔다.

『저 그라비 씨.』

민호는 조심스럽게 입을 열었다.

『혹시나 해서 물어보는 건데요…….』

과일 타르트를 반쯤 먹은 서은하는 이상하게 10분째 깜깜 무소식인 민호를 찾아 고개를 좌우로 돌렸다. 그렇게 레스토랑 안을 살피던 중, 무대 위에 올라선 한 사람을 본 서은하의 눈이 급격히 커졌다.

"민호 씨……?"

피아노 앞에 앉은 민호가 싱긋 웃었다. 곧, 클래식 교양 수업 때 들었던 친숙한 멜로디가 시작되자 서은하의 놀람은 감탄으로 변해갔다.

쇼팽의 녹턴 2번.

아르페지오를 부드럽게 짚는 왼손에 노래를 부르듯 감미로운 음을 그려나가는 오른손. 민호의 건반에서 흘러나온 멜로디가 마법처럼 레스토랑에 앉아 있던 사람들의 마음을 사로잡았다.

『야, 얀?』

피아노를 한번 쳐봐도 되겠느냐는 동양인 청년의 부탁에

반신반의 무대 옆을 지키고 서 있던 피에르는 첫 음을 듣는 즉시 눈을 뗄 수가 없었다.

꿈을 꾸는 듯한 조용한 선율. 슬픔과 애상이 뒤섞이는 얀의 고유한 표현력이 놀랍게도 저 청년의 손끝에서 뻗어 나오고 있었다.

노련한 피아니스트의 칼같이 정확한 건반은 아니었다. 그러나 그랬기에 얀의 쇼팽과 흡사했다. 파리 관현악단의 실력 좋은 연주자를 여럿 알고 있는 피에르였지만 이렇게 가슴을 자극하는 연주는 근 40년 만에 처음 있는 일이었다.

『믿을 수 없어…….』

조국을 꿈보다 사랑했던 청년. 격동의 68년, 소식도 끊기고 생사도 알 수 없었던 얀이 이제야 다시 돌아와 연주해 주고 있는 것처럼 놀라움이 가득한 4분이 흘렀다.

연주가 끝나자 레스토랑 곳곳에서 박수가 터져 나왔다.

피에르는 그 누구보다 열렬히 손뼉을 치며 무대 아래로 내려오는 민호에게 달려갔다. 민호가 피에르에게 고개를 숙였다.

『재밌게 쳤어요, 그라비 씨.』

『자네, 피아니스트인가?』

『아니요, 그냥 취미로 잠깐.』

얼버무리는 민호의 손을 피에르가 마주 잡았다.

『정말 좋은 연주였네. 혹시 한 곡만 더 쳐줄 수 있겠나? 내 이곳에 서는 음악가들 수준의 연주료, 아니 그 배를 주겠네.』

민호는 턱을 긁적였다. 예술을 사랑하는 도시에서 오랫동안 살아온 분답게 격렬한 반응이었다. 한 곡 정도는 더 쳐봐도 될 것 같았으나 15분째 서은하 혼자 앉아 있는 것이 마음에 걸렸다.

『같이 온 친구가 계속 기다리고 있어서…….』

『친구?』

피에르의 시선이 창가 쪽 테이블에 앉아 있는 동양인 아가씨를 향했다.

『그렇다면 어쩔 수 없지…….』

아쉬움이 가득한 피에르의 표정에 민호는 서은하에게 '한 곡만 더 하고 갈게요' 하고 눈짓으로 말했다. 서은하는 부담 없는 미소와 함께 고개를 끄덕여 보였다.

『뭐, 한 곡 정도는 괜찮을 것 같네요.』

『정말인가? 고맙네, 고마워.』

민호가 다시 피아노에 앉자 이상하게 레스토랑 안에 정적이 감돌았다.

기대하는 눈빛이 된 파리지앵들 틈에서 쇼팽의 녹턴, 밤을 감미롭게 달래주는 야상곡이 이어졌다.

연주를 끝낸 민호가 테이블에 돌아왔다.

"피아노도 치셨어요?'

'클래식은 잘 모르신다더니……' 하는 서은하의 눈길에 민호는 생각해 둔 변명을 담담히 얘기했다.

"어릴 때 아버지가 강제로 피아노 학원에 등록하셔서 말이에요. 제목도 잘 모르는 곡 그냥 한번 쳐본 거예요. 사장님이 흔쾌히 허락해 주시네요."

"4중주 연주 끝났을 때보다 민호 씨 연주 끝났을 때가 박수 소리 더 컸어요."

"역시, 문화의 도시 시민답게 못하는 사람에게도 응원의 박수가 열정적이죠? 하하!"

"제가 듣기에는 그렇게 안 어설펐는데……."

"암튼요."

어린이 피아노 교실에서 배웠을 뿐이라는 설을 우기며 자리에 앉은 민호는 디저트가 맛있어 보인다고 즐거워했다.

"또 또 그런다."

서은하는 예의 못하는 척을 하는 민호를 보고 피식 웃었다.

"참, 민호 씨. 그래도 혼자 보기 아까워서 찍어 뒀어요."

민호는 서은하가 셀캠을 손에 들고 있는 것을 보고 멈칫했다.

"나중에 아버님께 보여드리세요. 피아노 학원 잘 보냈다고 생각하실걸요?"

"그, 그러실까요?"

"그럼요."

민호는 나중에 이 부분은 삭제해야겠다는 생각을 했다. 파리 한복판에 있는 이 무대에서만 가능한 것을 행여 공 매니저가 보게 되면 팬 미팅 때 쳐달라고 부탁할 공산이 높으니까.

『실례합니다.』

웨이터가 와인 병을 하나 들고 와 탁자 위에 올렸다. 투명한 와인잔과 이름 모를 치즈가 담겨 있는 접시도 같이 올라왔다.

"어?"

서은하가 놀라서 물었다.

"민호 씨가 시키셨어요?"

"아니요."

민호는 고개를 저으며 웨이터에게 물었다.

『저기, 주문 잘못 받으신 것 같아요.』

『사장님께서 두 분께 드리는 선물입니다. 두 분의 소중한 시간을 빼앗아 미안하다고, 모자라면 언제든 말씀해 달라고 하셨습니다.』

와인의 상표를 확인한 민호는 '헐' 하고 신음을 삼켜야 했다. 샤토 페트뤼스. 아까 셀캠으로 메뉴판을 설명하다 얼핏 본, 한 병에 2,500유로가 넘는 최고급 와인이었다.

『맛있게 드십시오.』

유리병에 디캔팅을 끝낸 웨이터가 고개를 숙인 뒤 사라졌다.

"뭐라고 한 거예요?"

"피아노 쳐줘서 고맙다고, 사장님이 한턱 쏘는 거래요."

"거봐요. 잘 쳤다니까."

민호는 무대 쪽 테이블 가까이 앉아 있던 피에르가 자신을 향해 잔을 들고 고개를 끄덕이는 것을 발견했다.

"우와! 이거 포도향이 되게 진한 거 같아요."

와인잔에서 향긋한 냄새가 흘러나오자 서은하는 기분 좋은 미소를 지었다. 민호도 향을 맡자마자 오랜만에 고급 와인을 접한 요원의 욕구가 확 치밀어 오르는 것을 느꼈다.

'조금만 마셔 볼까?'

와인의 도수를 생각해 봤을 때, 한 잔 정도는 무리 없을 것이란 생각이 들었다. 잔을 들고 한 모금 넘기자 싱싱한 포도가 입안 가득 퍼지는 듯한 기분이 느껴졌다.

"캬."

감탄이 나오는 경험이었다. 단지 맛만 보려 했는데 귀신에

홀리기라도 한 것처럼 한 잔을 전부 마셔 버렸다. 민호는 이래서 비싸구나 하고 고개를 끄덕였다.

“민호 씨 덕분에 이런 것도 마셔보고. 횡재했네요.”

“은하 씨는 술 센 편이에요? 저는 한 잔 이상 먹으면 그냥 쓰러져요.”

와인을 꿀꺽 넘긴 서은하가 대답했다.

“모르겠어요. 주량을 따질 만큼 마신 적이 없어서. 술은 써서 거의 못 마시거든요. 신기하게 이건 막 넘어가네요.”

하고 말하는 서은하의 뺨에는 홍조가 어려 있었다.

보통 한 모금 먹자마자 얼굴에 취기가 오르면 술이 약하게 마련. 민호는 한 잔을 순식간에 다 비운 서은하를 보며 설마 하는 표정이 됐다.

“11시 반이네요.”

“어머, 시간이 벌써 그렇게 됐어요? 민호 씨 숙소로 돌아가셔야 하는 거죠?”

“코치님께 늦는다고 문자는 보내 놨어요.”

민호는 와인 한 병을 거의 혼자 깨끗이 비워낸 서은하를 유심히 지켜보고 있다가 이내 안도의 한숨을 내쉬었다. 얼굴은 붉어졌어도 말투부터 자세까지 한 치의 흐트러짐이 없었다.

'은하 씨, 술 세구나.'

한 잔을 먹었을 뿐인데 졸음이 슬슬 몰려오는 자신과는 달랐다.

"이제 갈까요?"

민호와 서은하가 테이블에서 일어났다.

『손님!』

레스토랑을 나오는데 지배인이 민호에게 메모지 한 장을 건네주었다. 내용을 확인한 민호는 실소하고 말았다.

—Orchestre de Paris. 01 42…….

파리 관현악단의 상임 지휘자 '리노 주베'의 연락처와 함께 자신이 주선해 줄 테니 꼭 만나 보라는 피에르의 전언이었다.

'진짜 전화하면 큰일이지. 마음만 받을게요, 그라비 씨.'

레스토랑에서 걸어 나온 민호는 바로 택시를 향해 손을 들어 올렸다.

"은하 씨, 묵고 있는 호텔 이름이 뭐죠?"

"호텔 이름? 에뚜와입니다."

멈춰선 택시 기사에게 에뚜와 호텔까지 갈 수 있는지를 물어보던 민호는 방금 들은 서은하의 대답이 조금 이상해서 고개를 갸웃했다.

'……입니다?'

눈을 돌려 바라보니 멀쩡하게 서 있는 서은하. 그러나 얼굴은 레스토랑에서 나올 때보다 훨씬 붉어졌다.

"은하 씨?"

"네, 말씀하세요."

목소리와 평소와 다름없었으나 공손해도 너무 공손했다.

"혹시 취했어요?"

"저도 잘 모르겠어요. 민호 씨가 두 개로……."

비틀.

민호는 서은하가 중심을 잃고 휘청이자 깜짝 놀라 그녀의 팔을 붙잡았다.

"취했구나."

"그런 것 같습니다."

서은하는 바로 인정했다. 민호는 그냥 보내면 위험하겠다 싶어 택시의 뒷좌석에 함께 올라탔다.

『기사님, 에뚜앙 호텔로 가주세요.』

목적지를 말한 민호가 서은하를 보며 말했다.

"호텔방까지 바래다줄게요."

"고마워요. 오늘 보고 나면 닷새 동안 못 보는데 조금 더 같이 있을 수 있겠어요. 고맙습니다, 민호 씨."

"뭐라고요?"

"같이 있을 수 있어서 좋다고 했습니다."

"아, 그……."

묻는 말마다 꼬박꼬박, 진지한 어조로 대답해 주는 서은하를 보며 민호가 도리어 어찌할 바를 몰라 했다.

속 안에 있는 말을 그대로 하면서도 전혀 부끄러워하지 않다니, 이런 술버릇도 있나 싶을 정도로 특이했다.

'침착하자.'

민호는 그녀가 정신을 차리고 이 상황을 기억하면 당황할까 싶어 더는 말을 걸지 않았다. 혹 민감한 얘기라도 들으면 서로 난감해질 테니까.

택시의 창문 밖으로 파리의 야경이 지나갔다.

문을 닫은 샹젤리제 거리. 야간 조명이 비추는 개선문. 이런 풍경을 물끄러미 보고 있다는 것만으로 민호는 한결 마음이 가벼워졌다.

"여긴 밤 풍경도 멋지네요."

이렇게 말한 민호는 서은하 쪽으로 고개를 돌렸다가 웃음이 터지고 말았다.

"뭐 하는 거예요?"

"민호 씨랑 같이 있으니 자꾸 긴장됩니다."

정자세로 앉아 택시기사의 뒤통수만 바라보고 있는 서은하. 민호는 웃음을 꾹 참으며 손을 들어 그녀의 고개를 창 쪽으로 돌려주었다.

"봐요, 멋지죠?"

"멋지네요. 이 도시도, 민호 씨도."

자꾸만 직접적으로 마음을 표현하는 그녀를 보고 있자니 민호는 심장이 세차게 두근거리는 것을 느꼈다. 뒷일에 대한 걱정은 저 멀리 사라질 만큼.

민호는 그도 모르게 그녀의 뺨에 닿아 있던 손을 잡아끌었다.

"저도 이 순간만큼은 솔직해질게요, 은하 씨."

로맨틱한 도시의 분위기 때문일까?

부드럽게 고개를 기대오는 서은하의 입술에 민호는 가만히 그의 입술을 포갰다.

'행복한 꿈을 꾸었습니다. 은하 씨에게 고백하고, 키스하고, 다정히 팔짱을 끼고 밤거리를 거닐던 꿈을. 그 꿈은 아주 생생해서 마치 실제로 겪은 것만 같은…….'

흐뭇한 표정으로 잠들어 있던 민호가 눈을 떴다.

침대에 상반신만 걸친 채 기절한 듯 엎드려 있는 몸. 자는 동안 조금의 미동도 하지 않았는지 바닥에 걸쳐있는 하체가 무척 뻐근했다.

어젯밤 레스토랑에서 나와 택시에 탔을 때까지는 비교적 멀쩡했었다. 그러나 취기가 올라 졸음이 급격히 찾아오면서부터 기억이 가물가물했다.

'어찌어찌 은하 씨를 바래다주고 숙소로 돌아온 거 맞지?'

그렇게 생각하며 침대 시트에 파묻고 있던 고개를 들어 올린 민호는 바로 옆, 코가 닿을 만한 거리에서 곤하게 잠들어 있는 서은하를 발견했다.

'컥.'

간밤의 기억이 민호의 머릿속을 강타했다.

택시에서 내려 산책하고 싶다는 서은하와 함께 거리를 걸었던 광경. 호텔 방은 한참 후에야 도착했다.

"푹 쉬어요. 내일 전화할게요."

무사히 바래다주고 돌아서는데 그녀가 옷자락을 붙잡았다.

"아침까지 얘기했으면 좋겠습니다. 안 될까요?"

"으, 으, 은하 씨가 그렇게까지 말씀하신다면야……."

못 이기는 척 방에 들어와 침대 옆에 걸터앉았다.

졸린 눈을 비비면서도 자신의 손을 꼭 붙잡고 놓지 않으려 하던 그녀가 너무 귀엽다고 생각했던 것이 마지막이었다. 그 전까지도 억지로 버텨 비몽사몽이었던 터라 이후의 기억은

깜깜했다.

민호의 고개가 돌아갔다.

원피스를 입고 있던 서은하의 어깨에 자신의 재킷이 걸쳐 있는 것을 제외하면 옷은 그대로였다. 침대 아래 배터리가 다 되어 굴러다니는 셀캠은 왜 그런지 모르겠으나 다른 짐들은 한쪽에 잘 놓여 있었다.

'얘기만 하다 깜박 잔 거였어.'

술기운에 치명적인 실수를 하진 않았다는 것은 이야기를 나누던 자세로 그대로 눈을 떴다는 것으로 충분히 확인할 수 있었다.

하지만 간밤의 일.

그건 분명히 꿈이 아니었다. 문제는 자신보다 술에 취해 있던 그녀가 어제의 일을 기억하지 못할 가능성이 크다는 데 있었다.

'그리되면 나도 모르는 척 넘어가야겠어.'

그녀의 특이한 술버릇에 대해 이러쿵저러쿵 떠드는 건 남자의 예의가 아니니까.

다시 서은하의 잠든 얼굴에 시선을 돌린 민호는 연한 핑크빛으로 물들어 있는 그녀의 입술을 마주하자 그도 모르게 꿀꺽 하고 침이 넘어갔다.

어젯밤, 분위기에 취해서 나눈 키스가 자꾸만 눈앞에 아른거렸다. 그렇게 달콤한 순간은 아마도 평생 잊지 못할 것이다.

시간을 보니 오전 6시였다. 코치에게 늦는다고는 했지만 외박할 것이라고는 얘기하지 않았기에 슬슬 돌아가 수습해야 할 시간이었다.

'메모라도 남겨 놓고 일단 가야지.'

민호는 서은하가 푹 잘 수 있도록 재킷 대신 이불을 덮어주고 욕실로 향했다. 대충 씻고 나와 짐을 챙겨 들었다.

조용히 나가려는데, 몸을 뒤척이던 그녀가 서서히 눈을 떴다.

"……민호 씨?"

"으, 은하 씨."

여러 고민이 겹쳐 무슨 말부터 해야 할지 갈피를 잡지 못하는 민호가 머뭇머뭇하는 사이, 서은하가 상체를 일으켜 앉았다.

"미안해요. 아침까지 얘기하기로 해놓고. 저 혼자 자 버렸죠?"

서은하의 말에 놀란 것은 민호였다. 기억 못 할 것만 걱정했지 기억했을 경우는 전혀 생각해 두지 않았다.

피곤을 떨쳐내기 위해 크게 기지개를 켠 서은하가 물었다.

"몇 시예요, 민호 씨?"

"여섯 시요."

"촬영 준비해야 할 시간이네요."

그녀는 잠결에 흐트러진 머리를 정리해 뒤로 묶은 뒤, 아침 햇살이 익지 않아 눈을 거의 뜨지 못한 채로 민호를 바라보았다.

"저 눈 퉁퉁 부었죠?"

"조금요."

"민호 씨 지금 웃고 있는 거 아니죠?"

"티 별로 안 나요."

"으……."

양 손바닥으로 눈을 비비는 그녀에게 민호가 조심스럽게 물었다.

"혹시 어제 일 기억나요?"

"네? 무슨 일이요?"

"그 택시에 타고……."

"제가 긴장해서 바보같이 고개도 못 돌리고 있던 거요?"

그렇게 취했는데도 필름은 끊기지 않았다. 움찔한 민호는 나가던 발걸음을 그대로 돌려 서은하의 옆으로 다가갔다.

"다 기억한다고요?"

"기억하죠."

"그, 그러면 제가 솔직하게 그 뭣이냐…… 키, 키스

를…….”

서은하가 가까이 선 민호를 보며 웃었다.

“민호 씨야말로 기억 못 하네요.”

고개를 갸웃하는 민호에게 서은하의 말이 이어졌다.

“아침부터 대회 연습 있다고 하셨죠? 얼른 가보세요. 저 때문에 대회 잘 못 치르면 어떡해요.”

“은하 씨. 기억 못 한다는 게 무슨…….”

“이건 경기 잘하라는 선물.”

서은하가 침대에서 일어나 민호의 뺨에 쪽 하고 입을 맞췄다. 민호는 순간 로봇처럼 뻣뻣하게 경직되어 우물우물 대체 이게 무슨 일인지 당황한 표정이 됐다.

‘은하 씨가 졸업하기 전까지 아무도 사귀지 않을 거라는 얘기를 들었습니다. 저, 강민호. 그런 은하 씨의 꿈을 충분히 존중…….’

‘좋아해요.’

‘……존중하니까. 응? 은하 씨, 제가 깜박 졸아서 잘 못 들은 것 같은데. 뭐라고 하셨어요?’

가물거리는 기억을 더듬는 와중에 호흡과 떨림이 고스란히 느껴질 정도의 거리에 선 서은하가 민호를 올려다보았다.

“좋아해요, 민호 씨. 처음은 가벼운 호감뿐이었는데 요즘은 많이 좋아하게 됐어요. 자꾸만 생각날 정도로. 이상하죠?

민호 씨 만난 지 얼마나 됐다고."

미묘한 떨림이 담겨 있는 그녀의 수줍은 고백이 민호의 가슴을 진탕시켰다. 어젯밤과 똑같은 말을 끝낸 그녀가 온기가 어린 눈길로 민호를 마주 보았다.

"이제 기억나죠?"

"기, 기억납니다. 충분히."

서로의 감정을 확인한 이후부터 많은 말은 필요 없었다. 그랬기에 민호는 한동안 손만 꼭 잡고 서은하를 바라보았던 장면이 떠올랐다.

서은하가 자신을 좋아한다.

'꿈이 아니라고!'

민호는 자연스레 서은하의 허리에 팔을 휘감았다. 부드럽게 안겨오는 그녀에게 헛기침하며 말했다.

"은하 씨."

"네?"

"그 뭣이냐. 뺨에 뽀뽀를 받은 정도로는 그…… 힘이 날 듯 말 듯. 아시죠? E 스포츠가 멘탈 싸움이라는 거. 이렇게 애매한 선물로는 경기 잘 못해요. 기왕 이렇게 된 거……."

서은하는 풋 하고 웃었다. 붉어진 얼굴로 미미하게 고개를 아래위로 끄덕였다.

스르륵 눈을 감은 그녀.

민호는 잔뜩 설레는 기분과 함께 두 번째, 아니, 카메오 촬영까지 합하면 무려 세 번째가 되는 키스를 나눴다.

점자시계로 증가한 세밀한 감각도, 2,500유로의 와인으로 말미암은 술기운도 없지만, 입술이 주는 달콤함은 더없이 황홀했다.

호텔 '에뚜앙' 307호의 방 안은 연애의 첫발을 내디딘 이들의 풋풋한 열기로 한껏 달아올랐다.

잠시 후.

민호는 호텔의 엘리베이터를 나서며 휴대폰을 확인하다 움찔 놀랐다.

[일어나면 연락주게.]

짧은 문자. 그러나 보낸 상대가 서철중이라는 것을 알고 나니 섬뜩해졌다. 프랑스 놈팡이를 떼어 놓으라는 특명을 받고 온 놈이 도리어 수작을 건 꼴이 됐으니. 서은하에게는 지금 루이의 치근거림과는 비교조차 할 수 없는 포지션의 한 남자가 옆에 있게 됐다.

'한국은 오후 2시인가?'

쇠뿔도 단김에 빼라고 했다. 민호는 바로 휴대폰을 들어

녹색 버튼을 눌렀다.

"반장님!"

최대한 밝은 목소리로 인사를 건넸다. 해외 전화의 한 박자 늦은 감 너머로 서철중의 목소리가 들려왔다.

–그래, 일은 잘 진행되고 있나?

"그럼요, 반장님. 어제 오자마자 콱. 경고를 한번 주고, 다음 촬영에서 본때를 보여줄 생각입니다."

은하 씨와 더욱 친밀해졌다는 이야기를 어떻게 꺼낼지 고민하던 민호에게 서철중의 말이 이어졌다.

–알겠네. 그런데 말이야. 은하 나오는 드라마에 자네가 출연했다는 부분 있잖나? 싸우고 그랬다는. 실시간 검색어에 왜 '강민호 서은하 키스'가 나오는지 궁금해서 찾아봤거든.

로비로 걸어 나가던 민호의 발걸음이 그대로 정지됐다.

–다시보기로 7화를 봤더니 자네 말과는 좀 다르더군.

서철중은 잠시 말이 없었다. 수천 킬로 떨어져 있음에도 고스란히 전해지는 이 기운. 불안감에 몸서리치는 민호에게 서철중이 낮은 목소리로 말했다.

–루이, 확실히 처리하게.

"네, 반장님!"

숨 막히는 1분간의 통화가 끝났다.

'본론은 꺼내지도 못했네.'

스캔들 때문에 대외적으로는 비밀을 지키기로 했으나 서은하의 바른 성격상 아버지에게까지 비밀로 하진 않을 터. 민호는 서은하의 드라마가 끝날 때까지만이라도 집안에 비밀로 해달라는 부탁을 해야겠다는 생각이 들었다.

민호가 몽파르느니스 역에 도착한 시각은 오전 7시였다.

역 앞에서 구매한, 바게트와 햄, 버터만 들어 있음에도 맛이 끝내주는 샌드위치를 폭풍 흡입하며 WCG가 치러질 장소로 향했다.

한 블록을 걷자 곧 민호의 눈앞에 5층 규모의 대형 컨벤션 센터가 모습을 드러냈다. 파리에서 본 다른 건물은 유럽 특유의 분위기를 띠고 있었다면, 저 센터는 한국의 용산역처럼 현대식 대형 건물의 외관을 갖고 있었다.

한국 선수단은 호텔에서 조식을 끝내고 8시에 출발한다고 들었기에 민호는 카페라도 들어가 있을까 주위를 살폈다. 그러다 컨벤션 센터의 입구에 모여 있는 외국인들을 발견하고 '어?' 하고 입을 벌렸다.

익숙한 얼굴들이 눈에 띈 것이다.

BBC의 다큐멘터리 팀. PD 레이첼과 그녀의 스태프들이 다른 외국인들과 인터뷰를 나누고 있었다.

'프랑스 오면 연락하라고 했었지?'

이메일까지 주고받았었는데 답장조차 보내지 못했었다. 지금은 어느 정도 외국어가 가능했기에 민호는 인사라도 할 겸 그들에게 다가섰다.

『선수단 분위기는 좋아요. 내일부터 경기하는 피파 선수들은 유럽리그에서 우승한 기세가 그대로 이어진 상태라 기대가 큽니다.』

인터뷰하는 이들은 러시아 억양이 강한 영어를 말하고 있었다. 민호는 옆에 슥 다가섰다가 긴 마이크를 들고 있던 음향기사 샘과 눈이 마주쳤다.

『민호 선수?』

『오랜만이에요.』

다른 스태프들과도 반가움의 눈인사를 나눴다. 그사이 인터뷰를 진행하던 레이첼의 마지막 질문이 이어졌다.

『이번 대회에 가장 큰 경쟁자로 어디를 꼽고 계신가요?』

『중국과 한국이죠.』

『그중에 우승 후보를 꼽으라면?』

『모든 종목에 두루 강한 중국이죠. 한국은 특정 종목에서만큼은 넘을 수 없는 벽이지, 카스나 피파에서는 한 수 아래거든요.』

러시아 코치진과의 인터뷰가 종료되고, 레이첼이 고개를 돌렸다가 눈이 커졌다.

『민호!』

『반가워요.』

반지를 통해 즉시 나오는 헝가리어. 레이첼은 그녀의 문화대로 포옹으로 인사해 왔다. 민호는 그런 레이첼과 익숙하게 포옹하며 살짝 긴장했다. 외국 공기를 마시자마자 심해졌던 요원의 본능이 무서워서였다.

『어떻게 지냈어요?』

『섬머리그 끝나고 방송 스케줄이 바빴어요.』

대답하며 포옹을 풀던 민호는 뜻밖에 이 동유럽의 아리따운 미녀를 꾀겠다는 끈적끈적함 같은 것은 느껴지지 않아 놀랐다. 한국에서 인터뷰할 때도 꿈틀거렸던 바람기가 나오지 않다니.

'왜 이러지?'

잠잠하니 오히려 불안해지는 민호였다.

『민호. 한국 팀은요?』

『아, 이따가 올 거예요. 먼저 왔다가 BBC 마크가 보이기에 인사하러 왔어요.』

『그래요? 샘. 우리 잠깐 쉬자. 민호, 잠깐 얘기 괜찮죠? 커피 제가 살게요.』

레이첼은 헝가리어를 할 수 있다는 사실만으로도 고향 친구를 만난 것처럼 즐거워하며 거리 한쪽에 보이는 카페로 이동했다.

카페 '브륄르리 상 조제'의 야외 테라스.

파리의 커피는 한국의 체인점 커피와는 느낌이 사뭇 달랐다. 색도 무척 진했고, 냄새만 맡았을 뿐인데 마시고 싶다는 생각이 들 정도로 매력적인 커피향을 뽐냈다.

"윽."

민호는 웨이터가 가져온 커피를 홀짝 넘겼다가 인상을 쓰고 말았다. 향은 좋은데 써도 너무 쓴 것이다.

반대편에 앉아 있던 레이첼이 싱긋 웃으며 물었다.

『에스프레소가 입에 안 맞나 봐요?』

『이게 에스프레소라고요?』

한국에서 본 에스프레소 잔은 손가락 두 마디만 했는데 이건 사발 크기였다. 각설탕을 들이붓고 있는 민호에게 레이첼은 종이 하나를 꺼내 내밀었다.

『한국 팀 인터뷰 질문지예요. 미리 좀 전달해 주시겠어요?』

『그러죠.』

커피를 얻어먹은 대가로는 비교적 심플한 부탁이었다. 민호는 각설탕 투하로 맛이 괜찮아진 커피를 한 모금 넘기며 반지를 바라보았다. 레이첼은 물론이고, 한쪽에서 주문을 받는 몸매의 굴곡이 뛰어난 카페 여직원에게도, 길거리를 지나는 이름 모를 프랑스 미녀에게도 특별한 감정이 생기지 않았다.

그렇다고 요원의 다른 본능이 사라진 것은 아니었다. 이 커피 전문점 구조는 들어오자마자 곧바로 파악되어 머릿속에 자리해 있었으니까.

'아무튼, 이상하단 말이지.'

레이첼이 커피를 한 모금 마신 뒤 말했다.

『다큐 준비하면서 다른 한국 선수들도 인터뷰해 봤는데, 민호처럼 대답 잘하는 사람은 없었어요.』

이 말에 민호는 셀캠을 들이대자마자 바짝 긴장한 후배들을 떠올렸다.

마인드가 자유로운 외국인 선수들과는 달리, 정말 게임만 열심히 하는 한국의 프로게이머들은 카메라 앞의 상황이 익숙지가 않다. 아마 자신도 방송 활동을 하지 않았다면 똑같았을 것이다.

민호는 레이첼에게 그 점을 짚어 주었다.

『한국 선수들은 대부분 어려서 하나만 집중적으로 파고드는 성향이 있어요. 방송에 나와서 매끄럽게 말할 수 있는 선수는 경험 많은 사람뿐인데, 정작 실력 좋은 신인에게 밀려 리그에서 성과는 잘 못 낼 경우가 많죠. 그러면 은퇴를 택하거나 게임 방송국에서 해설자로 일하거든요.』

『그래요? 그러면 어떤 질문을 해야 인터뷰가 끊기는 느낌이 없을까요?』

『미친 고등학생으로 이름난 이택용에게 뭔가를 묻는다. 그러면 자주 사용하는 빠른 러쉬 전략부터 얘기해 보세요. 그것의 대처법에 관한 질문을 하면 혼자 5분 이상 떠들걸요? 게임팬들도 그런 부분을 좋아할 테고요.』

민호의 유창한 헝가리어는 말을 하면 할수록 더욱 매끄러워졌다. 커피잔이 다 비워질 무렵, 레이첼은 가방에서 메모 하나를 꺼냈다.

『제가 묵고 있는 호텔 주소예요. 오늘 저녁에 따로 뵙고 싶네요. 술 한잔 같이해요.』

듣고 있던 민호는 눈이 휘둥그레졌다. 이 말의 의미는 명확했다. 요원의 바람기로 유혹한 것도 아닌데 어째서?

민호는 행여 자신이 오해한 것은 아닌가 싶어서 되물으려다 반지로부터 따스한 기운이 전신으로 퍼지는 것을 느꼈다.

그리고 손이 저절로 움직여 레이첼이 건넨 메모를 정중히 테이블 반대편으로 밀어 버렸다.

'뭐야?'

점자시계에서 경험했던 유품의 주인과 동화된 듯한 현상을 그대로 경험하는 민호. 그의 입을 빌려 말 하나가 튀어나왔다.

『레이첼. 당신은 충분히 매력적이지만 더 매력 있는 여성과 연애 중이라서요.』

민호는 이렇게 말하는 것이 요원 본인이라는 것이 믿기지가 않았다. 따스한 기운이 사라지고 황당함을 금치 못하던 그가 표정을 관리하는 사이, 레이첼이 웃으며 자리에서 일어났다.

『그 매력 있는 여성. 부럽네요.』

예의 포옹과 함께 인사를 끝마친 뒤 레이첼이 떠났다.

민호는 테이블에 다시 털썩 앉으며 반지에 시선을 던졌다. 이 요원, 한번 여자에게 마음을 주면 그녀에게만 충성을 다하는 순정파였을지도 모르겠다.

"민호야!"

호텔에서 출발한 한국 선수단이 때마침 카페 앞을 지나쳤다. 민호는 진 코치의 부름에 자리에서 일어났다.

선두에 서 있는 펜타스톰의 김윤열과 이택용, AOS 팀 'SK 프로스트', FPS 팀 '몬스터', 격투게임의 배재명. 축구, 레이싱 게임 선수들도 차례대로 보였다.

민호는 그들 틈에 섞여 걸으며 러시아 코치들의 인터뷰를 떠올렸다. 한국의 종합우승은 힘들 거라는 얘기.

서은하에게서 힘내라는 찐한 선물을 받은 이상, 이 대회에서 대한민국이 우승하는 그림이 나와 줘야겠다. 연인에게 받은 키스의 값어치는 그 정도쯤 돼야 하니까.

"안 그래, JB?"

반지가 언뜻 빛이 나는 것처럼 보였다.

'……왠지, 바람기는 사라졌는데 허세가 강화된 이 기분은 뭐지?'

민호는 착각이겠지 웃어넘기고, 앞서가는 김윤열과 이택용에게 달려갔다.

한국 선수단이 대회 관계사에세 안내되어 들어간 곳은 컨벤션 센터 2층의 연회장이었다. 안쪽에는 WCG에 협찬하는 기업 'S전자'에 의해 꾸며진 PC 시설이 자리해 있었는데 그 규모가 상상을 초월했다.

각국의 선수들 수백이 한꺼번에 움직이고 있음에도 붐비는 느낌이 없어 보이는 초대형 PC방.

"와, 여기 게임할 맛 나겠어."

민호는 감탄했다. 동네의 축구장에서만 경기하던 선수가 상암 월드컵 경기장을 밟은 듯한 기분이랄까.

진 코치는 펜타스톰 선수 3인을 불렀다.

"우리나라 섹션은 B-1 번부터 25번까지래. 5일 동안 24시간 개장이니 아무 때나 와도 되고. 바로 연습 시작할 거지? 나는 가서 조별리그 안 겹치는 선수들 연습대전 섭외해 놓을게."

코치의 말에 민호는 두 후배와 시선을 마주쳤다.

다른 게임은 몰라도 펜타스톰만은 사실상 우승후보 전부가 이 안에 있다고 해도 과언이 아니었다. 그랬기에 자국 선수들끼리의 훈련은 제대로 된 훈련이 아닌 견제가 될 가능성이 컸다. 진 코치가 그걸 알고 먼저 제안한 것이다.

"다들 힘내."

응원의 말을 남긴 진 코치가 사라졌다.

김윤열과 이택용은 조용히 자리를 차지하고 앉아 마우스로 손을 풀기 시작했다. 어제까지 외국 처음 나와 어리바리한 모습을 보이던 후배들은 실제 경기를 앞두게 되자 게이머로서의 본능을 드러내기 시작했다.

'이거 종합 1위 걱정만 하다간 나도 장담 못 하게 생겼어.'

세계 게이머들의 축제인 만큼 메달 색보다는 즐기는 정신이 중요하겠지만, 기왕이면 금색이 좋다. 민호도 B-3 자리에 앉아 심기일전 연습을 시작했다.

4시간 후.

점심까지 진행된 훈련에서 민호는 중국의 리우 모우라는

선수와 열 번의 연습경기를 치렀다.

스코어는 6:4. 우위를 점하긴 했으나 중국의 실력이 만만치 않음에 놀랐다.

지난 결승 이후 꾸준히 하지 못해 콘트롤이 매끄럽지 못한 부분은 있으나, 그보다는 자신이 자주 쓰던 전략을 대부분 알고 있는 것이 컸다.

'한국 리그에 대한 정보 파악을 꽤 했나 봐.'

민호는 왼편에서 다른 중국 선수와 연습경기 중인 두 후배를 바라보았다. 김윤열이 막 중국 리샤오 선수의 본진을 쓸어 GG를 받아냈고, 이택용도 게임을 유리하게 이끌어 가는 중이었다.

"윤열아, 얼마나 이겼어?"

"9판 중에 8판이요."

김윤열은 이택용을 가리켰다.

"택용이는 한 판도 안 진 거 같아요."

이 말에 민호는 신음을 삼켜야 했다.

회중시계도 소용없었다. 볼 수 있는 미래가 길어진 이후부터, 중간에 집어던지거나 하지 않는 한 5초 이상 멍 때리는 공백이 생긴다. 1초 만에 승부가 갈리는 싸움을 숱하게 걸어오는 펜타스톰 귀신들과 대결하는 데 이 5초의 공백은 컸다.

'도, 동메달만 노릴까?'

기왕이면 금색이 좋겠지만, 신성한 메달에 그런 가치를 따지는 것 자체가 무슨 의미가 있겠는가! 민호는 속으로 이렇게 스스로 위로하다 반지로 시선을 돌렸다.

'JB. 게임은 좀 할 줄 알아?'

묵묵부답. 흑백화면에 지렁이 꼬리잡기가 컴퓨터 게임의 전부인 시절을 겪었을 요원의 본능은 펜타스톰에서는 무쓸모였다.

"우리 밥이나 먹고 훈련하자."

자리에서 일어나던 그때, 민호의 귓가로 중국어가 들려왔다.

"따 라오 러, 니하오~"

요원이 중국어는 익히지 않았는지 해석이 되지 않았다. 고개를 돌리니 방금 자신과 경기한 리우 모우가 다가왔다. 통통한 얼굴에 스포츠머리. 안경을 쓰고 있다 뿐 얼굴에서 풍기는 분위기가 왠지 후배 가람이를 연상시켜 민호는 속으로 피식 웃고 말았다.

『연습, 고마워요.』

리우의 입에서 영어가 발음되자 비로소 제대로 해석되어 들려왔다. 다만, 리우의 영어 자체는 매끄럽지 않았다.

『뭘요. 리우 선수가 잘해서 제가 더 연습이 됐어요.』

『강민호. 팬이에요.』

리우가 민호에게 종이를 내밀고 사인을 부탁했다. 민호는 상대국 선수가 팬이라고 자처하자 뿌듯한 기분에 어깨를 으쓱했다.

'그렇지. 지금은 비록 이 무서운 신인들에게 눌리고 있어도 내가 펜타스톰계에서 쌓아온 명성이 얼만데. 내 팬이라서 내 전략에 빠삭했던 거였군!'

으흐흐~ 하고 웃는 민호에게 리우의 다음 말이 이어졌다.

『청춘일지 아주 재밌어요. 오소라가 제일 예뻐. 거기 강민호 또 나와요?』

"What……?"

민호는 사인을 하다말고 리우에게 고개를 돌렸다. 리우는 청춘일지 오프닝에 걸세븐이 손을 번쩍 치켜들며 단체 인사를 하는 점프 제스처를 그대로 취해 보였다.

『리우, 중국에서 청춘일지도 봐요?』

『네, 인기 최고. 한류.』

그러고 보니, 공 매니저로부터 한국에 방영되는 예능 대부분이 중국에 바로 방영되어 반응이 좋다는 얘기를 듣긴 한 것 같았다.

『딩고는…….』

리우가 정말 궁금하다는 눈길로 민호를 바라보았다.

민호는 사인 아래, 영어로 '딩고는 무사합니다'라고 적어

주며 짧게 한숨을 내뱉었다.

점심을 먹기 위해 움직이는 시간. 민호는 오전 중에 충전을 끝마친 셀캠을 켜고 컨벤션 홀을 비췄다.

"오늘은 파리에 온 지 둘째 날이고 수요일이에요. 여기가 연습하는 장소인데 PC 엄청 많죠? 금요일까지 1차 예선을 치르고 살아남은 선수들이 주말에 무대에 오를 거예요."

"Hambriento~"

"Lo que comes? croissant……."

민호의 앞으로 침을 튀기며 떠들고 있는 외국인 두 명이 지나갔다.

"저분들은 스페인 선수들인데 점심으로 크루아상을 먹겠다고 하네요. 이 앞에 맛있는 빵집이 있다고. 윤열아, 택용아. 우리도 먹으러 갈까? 프랑스 빵 맛 죽인다."

스페인어를 자연스레 해석해서 말하는 민호를 보며 뒤따르던 두 후배가 놀란 눈이 됐다.

컨벤션 센터 앞 빵집은 점심을 먹기 위해 나온 선수들로 인산인해였다. 민호는 그 틈을 비집고 들어가 신선한 야채를 곁들인 샌드위치를 3개 구매한 뒤에 가게 밖으로 나왔다.

"자."

민호가 샌드위치 봉투를 내밀었다.

"고마워요, 선배님."

"현지어 되는 사람 있으니 이렇게 편하구나."

가게 앞에 비치된 파라솔 아래 앉은 민호가 샌드위치를 한 입 물고 맛있다는 표정이 된 김윤열과 이택용을 바라봤다.

"그리 고마우면 너희 둘 오후에는 내 연습 한 번씩만 도와라. 실전처럼. 아까 해보니까 중국 애들도 힘들더라고. 방송 활동에 전념하다 보니 경기 감이 많이 떨어졌어. 우리가 금은동 따야 종합 우승할 가능성이 큰 거잖아."

그거야 상관없다는 듯 두 후배 모두 고개를 끄덕였다. 실제로 외국 선수들과 어울려 게임을 하고 보니, 개개인의 승부보다는 한국 선수 누구라도 이겼으면 하는 바람이 더 크게 들었다.

순식간에 샌드위치를 먹어 치운 이택용이 말했다.

"선배님, 그래도 펜타스톰만으로는 힘들걸요? 작년에도 금은동 휩쓸었는데 3위였잖아요."

"그래?"

"중국이 금 2개로 1위. 러시아가 은이 하나 더 많아서 2위 했어요."

뒤이어 김윤열이 덧붙였다. 민호는 이 말에 다른 종목에서 금 하나만 더 얻으면 가능성이 크겠다는 생각이 들었다.

"한번 해보지 뭐."

"뭘요?"

민호는 빵집을 가득 메운, 각양각색의 언어로 떠들고 있는 사람들에게 시선이 머물렀다.

'JB가 자주하던 거.'

각국 선수단이 적응 훈련을 끝낸 다음 날.

WCG 첫 조별예선은 '피파'라는 축구 게임이었다.

유럽선수들이 강세를 보이는 이 게임은 구단을 정하고 전술을 택한 뒤에 선수를 조종해 자웅을 겨루는 스포츠 게임이었다.

"후우."

B-13석에 앉아 있던 피파 한국 출전 선수 박동식은 호흡을 가다듬으며 긴장을 떨쳐냈다.

이란의 선수는 무난하게 이겼으나, 우승 후보로 꼽히는 독일 선수가 다음 상대로 나온 까닭이었다. 설상가상으로 다음 상대는 작년 우승자였다. 여기서 지고 다음 경기까지 지면 조별예선 탈락.

"박동식 선수."

잔뜩 긴장해 있는 박동식의 옆으로 민호가 다가섰다. 고개를 돌린 박동식에게 민호가 낮게 말했다.

"독일 코치진 얘기를 얼핏 들었는데 상대 선수 컨디션이 안 좋데요. 어제 몰래 나가 과음을 했다나 뭐라나. 그러니 맘 편히 하세요."

민호는 점자시계를 터치해 반대편 C라인에 앉아 있는 쾨니히 선수와 코치간의 대화를 그대로 해석해 전해 주었다.

"그리고 한국 선수 만만하니까 공격 일변도로. 초반에 점수 차 많이 벌릴 생각인가 봐요."

"진짜요?"

상대편의 컨디션이나 독특한 성향에 대한 정보. 게임방송이 활성화되어 있는 한국에 비해 외국은 이런 정보가 거의 없었다.

얼마나 영향을 끼칠 수 있을지는 모르겠지만, 민호는 승리를 기원하며 본래의 자리로 돌아갔다.

1시간 뒤.

한국 선수단 중에 첫 조별리그 통과의 영광을 얻은 것은 박동식이었다.

민호는 이후에도 유용하겠다 싶은 정보를 듣게 되면 한국 선수에게 찾아가 정보 공유를 아끼지 않았다. 더불어 한국 선수들에 대한 거짓 정보를 그들의 언어로 은밀하게 흘리기까지 했다.

정보 수집에 이은 정보 교란은 반지에 깃든 요원이 자주 하던 일 중 하나였다. 도청장치 대신 점자시계가 그 역할을 톡톡히 해냈다.

"영국 선수 손가락이 아프다던데. 문 닫다가 살짝 끼었데요. 격투 게임에서 엄지에 염증 오면 어떻게 되죠? 그냥 끝이라고요?"

"노르웨이 팀 미드 라이너. 여자 친구랑 헤어졌데요. 잠을 거의 못 잤나 봐요. 눈에 다크서클 보이죠?"

"러시아 FPS팀에 세바스찬 선수 있죠? 특정 레이저 마우스를 쓰는데 이게 드라이버가 안 맞아서 세팅하느라 스트레스를 엄청 받았데요. 봐요, 저 열 받은 표정."

개중에는 별 도움 못 받은 인원도 있었지만, 작년보다 조별리그 통과 비율이 높다고 한국 코치진들 틈에서 기대할 만하다는 얘기가 흘러나왔다.

그날 저녁, 민호가 묵는 방은 고맙다고 찾아오는 선수들 때문에 북새통을 이뤘다.

41.
미션 파서블 : 파리 프로토콜 (3)

펜타스톰 경기는 금요일 이른 아침부터 시작됐다. 민호는 이틀간 집중훈련을 한 덕분에 어느 정도 폼을 회복해 비교적 간단하게 일본 선수와 대만 선수를 이겼다.

오후에 접어들어, 루마니아 선수와 통과를 확정 짓는 조별 리그 마지막 게임을 치르게 됐다.

"잘했어, 민호야!"

진 코치가 막 승리한 민호의 어깨를 두드리며 좋아했다. 민호는 자리에서 일어나며 물었다.

"윤열이랑 택용이는요?"

"윤열이는 무난하게 3전 전승했는데 택용이는……."

민호는 끝 좌석에서 시무룩하게 앉아 있는 이택용을 발견했다.

“방심하다 첫 게임 놓친 게 컸어. 애가 아직 어려서 한번 당황하니 수습을 못 하더라고.”

“저런.”

강력한 우승후보가 조별리그 단계에서 탈락하는 건 국내 펜타스톰 리그에서는 비교적 흔한 일이었다. 그러나 그것이 WCG에서 나올 줄이야.

“택용아…….”

민호는 이택용에게 다가갔다. 고개를 푹 숙이는 그에게 뭐라 위로의 말을 건넬 수가 없었다. 김윤열도 뒤늦게 다가왔으나 조별리그 통과의 기쁨보다는 동료의 패배에 아쉬워했다.

진 코치는 이택용의 등을 두드려 주며 말했다.

“이렇게 된 거 민호랑 윤열이가 택용이 몫까지. 1, 2위 하는 거다.”

“그래야죠. 택용아, 걱정 마.”

민호의 다짐은 토요일 오전 펼쳐진 펜타스톰 1차 토너먼트에서부터 삐걱거렸다. 김윤열이 창백한 안색으로 민호의 옆에 선 것이다.

“윤열아, 왜 그래?”

“어제부터 속이 좀 안 좋았는데 오늘따라 심하네요.”

김윤열은 경기 직전에 화장실을 여러 번 들락거리더니 승자조가 아닌 패자조로 떨어져 버렸다. 다행히 민호는 접전을 펼친 끝에 승자조 진출했다.

경기가 끝나자 진 코치가 민호에게 다가와 목소리를 낮춰 말했다.

"윤열이 아무래도 물갈이하는 거 같아."

"물갈이요?"

다른 지역으로 여행을 갔을 때 흔히 걸릴 수 있는 병. 3~4일이면 호전된다지만, 그때가 되면 WCG는 끝난 후였다.

결국, 김윤열은 컨디션 난조로 오후에 펼쳐진 패자조 4강에서 떨어지고 말았다. 한국 펜타스톰 선수들의 잇따른 패배에 취재하러 온 게임기자들도 놀라고 말았다.

민호만이 승자조에서 승리해 최종결승을 앞둔 채로 토요일의 일정을 끝마쳤다.

토요일 밤.

민호는 늦게까지 한국 선수단의 다른 게임을 구경하며 나홀로 정보전을 펼치다 호텔방에 돌아왔다.

씻고 나와 침대에 누워 휴대폰을 들었다.

호텔 와이파이를 통해 한국 커뮤니티 사이트에 접속하니 예상대로 '펜타스톰 대위기'라느니 '한국 프로게이머의 몰락'

이라느니 하는 글들이 화제 글로 올라와 있었다.

그 와중에 '연예인 갓민호 클라스'라는 글도 껴 있었으나 민호는 굳이 열어보지 않았다. 딩고 얘기가 나올 것이 뻔했기에.

이택용도 김윤열도 열심히 하지 않아 떨어진 것이 아니었다. 세계대회라는 무게감과 해외라는 변수에 매끄럽게 대응하지 못한 것뿐.

민호는 먼저 들어와 잠을 자는 두 후배 쪽에 시선이 머물렀다.

'나도 방심했네. 다른 게임만큼 펜타스톰도 신경 썼어야 하는데.'

이제 와 후회해 봤자 늦은 일. 그나마 다행인 것은 다른 게임 쪽은 성적이 괜찮다는 것이다. 총 10개의 종목 중에서 2개만 금메달을 따도 종합 우승권에 든다.

민호는 내일 좋은 성적을 내는 것에만 집중해야겠다고 다짐했다. 자신이 우승해야 이택용과 김윤열이 욕을 덜 먹는다.

띠릭.

잠을 자기 위해 취화정을 섭취하기 직전, 휴대폰의 문자수신음이 울렸다. 서은하의 이름이었기에 민호는 얼른 손에 쥐었다.

[민호 씨, 내일 결승 맞죠? 경기하는 거 보고 싶은데 시간이 없어요. ㅜㅜ]

밤샘 촬영이 있다더니 도중에 짬을 내서 보낸 모양이었다. 민호는 바로 답문을 보냈다.

[끝나면 잠부터 푹 자요.]

[*^^*]

이모티콘과 함께 한 장의 사진이 왔다. 민호는 홍 작가의 대본 사진인 것을 보고 확대해 보았다.

'내 카메오 출연 분이네?'

드라마에 첫사랑으로 출연한 자신이 파리에서 다시 한 번 서은하를 만나는 신. 그녀가 우연히 들른 레스토랑에 자신이 주방장으로 일하고 있는 상황이었다.

'어라? 이 레스토랑…….'

민호는 대본 속 레스토랑 이름이 어째 익숙하게 느껴져 서은하에게 문자를 보냈다.

[피에르에서 촬영해요?]

[네, 거기 사장님이 민호 씨가 출연한다니까 바로 허락해 주셨대요. 들어보니 할리웃 영화 촬영도 거절한 장소라네요. 섭외 걱정 덜었다고 PD님이 민호 씨 칭찬을……. 아, 저 이제 촬영 들어가 봐야 해요. 내일 또 연락할게요~♡]

마지막에 자연스레 적혀 있는 하트 문자를 본 민호는 대회에 집중하느라 잠시 잊고 있었던 며칠 전의 사건을 떠올렸다.

'은하 씨랑 나. 이제 그냥 친구가 아니지.'

흐뭇한 표정으로 그날의 일을 음미하던 민호는 휴대폰의 대본을 다시 확대해 보았다.

"설마, 직업이 주방장인데 요리하다 말고 피아노를 치고 그러진 않겠…… 있네."

민호는 짧은 한숨을 내뱉었다.

지상파 인기 드라마에서, 여자에게 피아노를 쳐주는 남자에 관한 전형적인 신이 빠질 리가 없다.

공 매니저에게 어떤 변명을 해야 할지 벌써 고민에 빠진 채로 민호는 잠이 들었다.

WCG 결승 일정이 진행 중인 컨벤션 센터의 1층, 대강당에는 관람을 위해 찾은 인파로 발 디딜 틈이 없었다.

무대 한쪽에는 각국의 게임방송 채널 캐스터와 해설진들이 줄줄이 앉아 승자 예측에 한창이었고, 관중석 한쪽에는 WCG에 출전했던 각국의 선수들이 사이좋게 앉아 열띤 응원전을 펼치고 있었다.

한국의 엔게임넷 채널도 그 가운데 자리했다. 캐스터 한용준은 카메라에 불이 들어오는 것을 보자마자 마이크에 불을 뿜듯 입을 열었다.

"전국에 계신, 아니 전 세계에 계신 게임 팬 여러분 안녕하십니까! WCG 결승! 오늘은 아침부터 생중계로 찾아뵙겠습니다. 목이 쉬었지만 상관없습니다! 안 그렇습니까, 동준 씨, 현우 씨!"

캐스터가 양쪽의 해설진들을 불렀다. 4일째 열혈 해설 중인 그들도 목이 아팠으나 표정만큼은 밝았다.

이동준 해설이 말했다.

"한국이 위기다 어쩌다 하지만, 오늘 메달이 걸린 종목만 4개입니다. 최소 은메달 확보. 잘하면 몇 년 만에 종합 우승도 꿈이 아닌 거죠."

뒤이어 김현우 해설이 말했다.

"메달밭 펜타스톰에 겨우 한 명 올라갔는데 우승이 가능하다니 어떻게 된 거냐? 제가 한국 코치진들에게 소스를 받았습니다."

"소스요?"

한용준이 궁금하다는 듯 쳐다보자 김현우가 입을 가리고 말했다.

"몇 개 국어를 하는지 가늠할 수 없는 첩보원의 활약이 있었답니다. 상대 선수들의 약점을 귀신같이 콕콕 집어내고, 우리 선수들의 사기는 북돋아 주고."

"그게 누굽니까!"

"첩보원의 신변 보호를 위해 누군지는 밝힐 수 없습니다."

이동준 해설이 말했다.

"그거 강민호 선수 아닌가요?"

김현우 해설은 '노코멘트'라고 고개를 흔들었으나 한용준이 놀라서 물었다.

"강민호 선수가 말입니까?"

"BBC 인터뷰를 헝가리어로 했거든요. 영어도 아니고. 대단하지 않아요?"

그사이 첫 종목 결승 무대의 세팅이 끝났다. 한용준이 무대를 보며 소리쳤다.

"네, 지금 막 '철투' 결승 준비가 끝났습니다. 여러분, 배재명 선수에게 응원의 박수를 주십시오!"

아침부터 시작된 결승 무대는 오후가 되자, 단 3종목이 남게 됐다. '히어로 리그'라는 AOS와 '콜 오브 스트라이크'라는 FPS. 그리고 펜타스톰이었다.

민호는 대기실 안의 연습용 PC를 사용해 경기를 준비하다 WCG 홈페이지에 접속해 메달 순위표를 살펴보았다.

현재 1위는 중국, 2위는 한국, 3위는 러시아였으나 금메달의 개수는 같았다. 남은 3종목의 결과로 언제든 뒤집힐 수 있었다.

'내가 지면 큰일인데.'

공교롭게도 펜타스톰 결승 상대는 리우 모우였다. PiDD라는 아이디를 쓰고 있는 이 중국인 선수는 생각보다 실력자였다.

컨디션이 안 좋긴 했지만 패자조에서 김윤열을 탈락시킨 주범이었고, 자신과의 연습게임에서는 6:4로 비등하기까지 했었다. 거기다 청춘일지 팬.

"긴장부터 풀어볼까?"

삑.

셀캠을 켠 민호는 손가락으로 깍지를 낀 채 말했다.

"결승. 언제나 떨리죠. 하지만, 수많은 관객의 환호가 제 심장을 강하게 만들어요. 솔직히…… 지금 이 시간만큼은 좀 멋있을게요."

이렇게 말하고 다리를 꼬며 무게를 잡은 민호는 3초도 지나지 않아 킥킥 웃고 말았다.

"군대 가기 전, 결승에서 딱 이런 식으로 인터뷰했거든요. 아직도 게임 방송에 자료화면으로 나오면 얼마나 얼굴이 화끈거리는지. 그게 벌써 3년 전인데 은퇴를 생각할 시기까지 왔네요.”

카메라와의 일대일 대화. 이제는 팬 미팅 자리에서 팬과 대화를 나누고 있는 것처럼 셀캠이 익숙하기까지 했다. 중독을 너머 일상이 된 기분이었다.

똑똑.

민호는 갑작스레 들려온 노크 소리에 셀캠을 끄고 고개를 돌렸다. 문이 살짝 열리고 모자를 푹 눌러쓴 한 여인이 고개를 내밀었다.

“저에요, 민호 씨.”

촬영 중일 것으로 생각했던 서은하의 방문에 민호의 눈이 커졌다.

“은하 씨!”

“NG 한 번도 안내고 끝내 버렸어요. 결승인데 응원해야죠.”

손으로 V 자를 그려 보이는 서은하. 가벼운 옷차림에 큼지막한 안경을 착용한 그녀가 방문을 닫고 민호의 앞에 섰다.

‘아…….’

민호는 잡티 하나 없이 투명한 피부를 뽐내고 있는 그녀를 한동안 말없이 바라보았다. 꾸미지 않아 한층 더 청순해 보였다. 드라마 여주인공이 아닌 대학생 서은하의 모습에도 사랑스러운 매력이 흘러넘치기는 마찬가지였다.

서은하가 민호의 시선에 그녀의 양 뺨에 손을 올렸다.

"왜요? 저 화장 지워서 이상해요?"

"아니요, 너무 예뻐서……."

이제는 이런 말이 그냥 반사적으로 튀어나온다. 민호는 얼른 말을 끊고 헛기침을 했다. 그가 자신이 한 말에 난감해하고 있자 서은하는 웃으며 말했다.

"저도 보고 싶었어요, 민호 씨."

쪽 하고 뺨에 입을 맞춰주는 서은하. 과감한 그녀의 행동에 민호의 가슴은 거세게 뛰었다.

남자란 단순한 동물.

민호는 싱그러운 눈웃음으로 자신을 마주 보는 서은하 덕분에, 서철중과의 통화 내용도, 큰 경기를 앞두고 있다는 긴장감도, 단박에 저 멀리 날려 보냈다.

대신에 정체 모를 갈증이 찾아왔다. 민호는 그 갈증해소의 일환으로 턱을 긁적이며 "결승인데" 하고 말꼬리를 흐렸다. 손가락으로 은근슬쩍 입술을 가리키기까지 했다.

서은하가 눈을 가늘게 떴다.

"지난번 걸로 부족하다 이거에요?"

"충분하죠. 충분하지만, 그렇다고 막 아주 충분하지는 않은 것이, 그……."

"후후."

입가에 미소를 머금은 서은하가 고개를 끄덕였다.

민호는 이때다 싶어 그녀의 팔을 잡아끌었다. "어맛" 하고 끌려온 그녀가 민호의 가슴에 안겨 그를 올려다보았다.

"포옹도 필요해요?"

"감아요, 눈."

"민호 씨……. 보기보다 엉큼한 거 같아요."

"은하 씨 아버님이 한 얘기는 사실이에요."

"뭐가요?"

"남자는 다 늑대……."

그때였다.

덜컥.

방문이 열리며 여행용 가방을 손에든 공 매니저가 외쳤다.

"민호 씨~ 저 왔습니다! 결승 나가셨다는 소식에 공항에서 바로……?"

문고리가 덜컥하는 음을 내는 것과 동시에 시작된 민호의 반응은 흡사 번개와도 같았다. 민호는 서은하의 어깨를 붙잡고 휙 돌려 의자에 앉혔다. 그리고 빠르게 속삭였다.

"가만히 있어요."

서은하가 어리둥절 민호 쪽으로 고개를 돌린 순간, 드륵~ 하고 의자가 밀려 연습용 PC 앞에 안착했다.

민호는 아무 일도 없었다는 듯, 마치 뭔가를 가르치는 듯한 포즈를 취한 채 목소리를 높였다.

“봐요. WCG 한국 순위가 지금 금 1개, 은 3개로 2위예요. 어? 공 매니저님!”

막 방 안으로 들어선 공 매니저는 뭔가 움직임이 있었다는 짐작만 할 뿐 그것을 제대로 파악하진 못했다. 그보다는 방 안에 반가운 얼굴이 하나 더 있다는 것에 얼굴이 밝아졌다.

“……서은하 씨? 여기 계셨군요. 이번 주 드라마 반응 장난 아닌 거 아십니까? 시청률이 3%나 올랐답니다, 하하!”

“어서 오세요, 공 매니저님.”

서은하도 기분 좋은 얼굴로 공 매니저와 인사를 나눴다. 갑자기 나타난 공 매니저를 보고 나서야 민호가 보인 행동의 이유를 알아챘다. 그녀도 모르게 웃음이 킥 터져 나와 입을 가렸다.

여행 가방을 한쪽에 내려놓고 다가온 공 매니저는 일주일 만에 만난 민호를 뿌듯하다는 듯이 바라보았다.

“고생 많으셨습니다, 민호 씨. 스케줄이 많아 연습도 거의 못 하셨을 텐데 결승이라니.”

“운이 좋았어요.”

후배 두 명이 자진해서 탈락해 준 까닭에 어부지리로 올라온 감이 있었다. 때문에 민호는 가볍게 미소만 지은 채 공 매니저를 반겼다.

"오자마자 일 얘기부터 하게 돼서 죄송스럽지만, 회사에 빨리 연락을 줘야 하는 부분이라. 민호 씨의 출연이 결정되면서, QBS 드라마국과 조연급의 계약을 체결하기로 결정됐습니다. 저쪽 국장님 만나기 전에 계약 조건 체크를……."

"세부사항은 매니저님이 알아서 해주세요."

어차피 출연은 정해졌다. 민호는 귀찮은 부분을 공 매니저에게 일임했다. 가계약서를 들고 요구사항을 정리하던 공 매니저가 입을 가리고 목소리를 낮춰 말했다.

"임소희 사장님께서 그러셨습니다. 아직 이 드라마가 초반 전개 단계라 충분히 주연급도 될 수 있다고. 민호 씨와 서은하 씨 케미도 좋다고 하셨어요. 시청자들이 그 부분을 귀신같이 알아채서 시청률이 오른 거라고. 마침 연장 논의도 되고 있으니 이참에 연기 쪽도 확 진출해 버리는 겁니다."

"그건 무리예요. 연기를 정식으로 배운 것도 아니고. 드라마 자주 보는 건 아니지만, 배우가 아무리 예쁘고 잘생겨도 연기력이 어설프면 그리 호감이 안 가더라고요. 제가 그렇게 좋아하던 아이돌이 발 연기를 하니까 팬심으로라도 차마 보질 못했어요."

민호가 이렇게 말하자 공 매니저는 '그건 그렇죠' 하고 고개를 끄덕였다.

"급한 건 아니니 천천히. 그래도 전 민호 씨가 연기를 본격적으로 배우시면 쭉쭉 늘 거라고 자신합니다."

"저도 그렇게 생각합니다!"

모니터의 화면에서 실제로 WCG 경기에 관한 정보를 훑어보고 있던 서은하가 빙긋 미소를 지으며 끼어들었다.

"그때 민호 씨 연기 되게 자연스러웠어요. 바람둥이처럼. 그죠, 공 매니저님?"

"맞습니다, 바람둥이에 빙의하신 줄 알았……."

공 매니저는 말실수를 깨닫고 얼른 덧붙였다.

"……알았습니다만, 연기에 재능이 있으신 거였죠."

진짜 바람둥이 아니냐는 서은하의 은근한 눈빛에 민호는 머리를 좌우로 슬쩍 흔들었다. 그건 요원의 성향을 있는 그대로 내보여서 그랬을 뿐이었다.

민호는 헛기침하며 공 매니저에게 말했다.

"재능 같은 거 아니니 저 너무 믿지 마세요, 매니저님."

"암요."

신뢰의 눈빛이 전혀 흔들리지 않은 채로 고개만 끄덕이는 공 매니저에 민호는 속으로 신음을 삼켰다.

"참, 서은하 씨."

공 매니저가 서은하를 보며 무척 궁금하다는 눈이 됐다.

"안이현 씨와 지진호 씨 전부 서은하 씨에게 관심을 두고 있는 구도던데. 이번에 민호 씨가 또 등장하면 러브라인은 어떻게 되는 겁니까?"

공 매니저는 일순 드라마의 팬이 되어 뒷내용을 알고 싶어 하는 시청자처럼 기대 섞인 표정이 됐다.

"저도 잘 모르겠어요. 스토리는 홍 작가님 머릿속에 있는 터라. 캐릭터 잡는데 필요한 정보 외에는 잘 안 가르쳐 주세요."

"같이 본 와이프가 그러더군요, 7화를 기점으로 본격적인 사각관계가 펼쳐질 것 같다고. 뭐라더라? 알콩달콩 러브라인? 와이프가 드라마 광이라 무척 기대 중입니다. 여자 시청자들은 이런 걸 무척 좋아하나 봐요."

"멋진 남자들이 많이 나오니까요."

서은하는 이렇게 대답하며 민호를 바라보았다. 민호는 택시 안에서 들은 그녀의 고백이 떠올라 자연스레 웃음이 나왔다.

'가만.'

멋진 남자'들'이라는 말.

민호는 드라마 방영 전, 토크쇼에서 마주쳤던 남자 주연배우들을 떠올렸다.

새하얀 얼굴에 꽃미남형 배우 안이현. 지적인 외모에 카리스마 넘치는 지진호.

그때는 별생각 없었는데 이것이 다 여성 시청자를 노리고 캐스팅한 것이었다는 생각이 들자 매우 중요한 문제 하나가 떠올랐다.

한국 드라마의 성향상 엔딩 즈음에는 누군가와 반드시 이어지게 되어 있다. 거기에 키스 신 정도는 무조건 나올 테고. 만약 드라마에서 자신과 이어지지 않는다면 누군가와 서은하가 키스를 하게 된다. 자다가도 이불을 박차고 벌떡 일어날 만큼 분할 것은 당연한 일.

"왜요? 제 얼굴에 뭐 묻었어요?"

"아니에요, 은하 씨."

민호가 계속 쳐다보고 있자 서은하가 미소를 띤 채로 시선을 마주했다. 방금 훔치려다 실패했던 그녀의 입술을 흘깃 살폈을 뿐인데 심장이 마구 두근거려왔다.

'이번 촬영 때 최선을 다해야 해. 홍 작가님이 여주인공이랑 이어줄 수밖에 없겠다는 생각이 들 정도로 멋지게 보이면 더 좋고. 부탁해, JB!'

반지를 쓰다듬으며 속으로 굳게 다짐하는 민호였다.

WCG 펜타스톰 결선 무대.

"여러분, 강민호 선수입니다! 한국 시간은 새벽이겠지만 이번 한 번만 힘을 모아 주십시오!"

한용준 캐스터가 목이 터지라 외쳤다.

무대 위, 경기 박스 안에 앉은 강민호와 리우 모우가 대형 스크린에 비쳤다. 스크린 구석에 자리한 메달 현황은 '중국 금2 은2 동1, 한국 금1 은3 동2'로 중국이 앞서는 중이었다.

이번 경기의 결과로 1, 2위가 뒤바뀔 수 있기에 관람중인 한국 선수단의 긴장감은 더해졌다.

"자, 다 같이! 강민호, 파이팅!"

응원의 목소리를 높이고 있던 한용준은 이어폰으로부터 전해진 현장 PD의 말에 깜짝 놀라 관객석 쪽으로 고개를 돌렸다.

"시청자 여러분. 보이십니까?"

카메라가 한국 선수들 사이에 앉아 있는 여인을 비추자 스크린에도 그 모습이 그대로 나왔다. 많은 인파 사이에서도 단박에 눈에 띄는, 가히 군계일학이라 할 수 있는 미모를 가진 그녀의 모습에 타국의 해설진 사이에서도 감탄사가 터져 나왔다.

그녀가 카메라를 보며 V 자를 그린 채 한국의 깃발을 흔들었다.

"요즘 인기리에 방영 중인 드라마 '사계절의 행운' 여주인공 서은하 씨가 한국 팀을 응원하기 위해 이 자리에 와 계십니다. 파리 로케 중에 시간을 내셨다네요. 이거, 강민호 선수

절대 지면 안 되겠어요!"

리우 모우는 스크린에 나타난 여신을 보고 눈이 커졌다. 채팅창으로 민호에게 물었다.

–『민호. 저 여자 누구입니까?』

손을 풀고 있던 민호는 상대의 영어 질문에 피식 웃으며 대꾸했다.

–『내 친구.』

–Zhēn de ma?

너무 놀라 중국어로 대답한 리우가 다시 채팅을 보내왔다.

–『정말?』

민호는 서은하 쪽을 보며 손을 흔들었다. 서은하가 민호에게 화답해 손을 흔들어 주자 리우의 인색이 변했다. 명백히 부러워하는 그 눈길에 민호는 피식 웃었다. 사실은 친구 이상이라고 얘기하면 눈이 튀어나올 기세였다.

–Good luck, Liu.

–GL, Minho.

게임이 진행될 방에 입장하라는 신호가 왔기에 채팅이 끊겼다.

"선수들 준비 끝났습니다. WCG 펜타스톰 결승, 1경기! 시작합니다."

맵 '잃어버린 사원'에서 펼쳐진 5판3선승제의 첫 경기는 민호의 예상보다 수월했다. 일찌감치 탈락한 이택용의 도움으로 실전감각을 단련하며 실력을 키운 보람이 있어 예전의 기량을 거의 그대로 보여줄 수 있었다.

그에 반해 세계무대라는 압박감을 느끼고 있는 리우 모우는 며칠 전 민호와의 연습경기 때보다 제 실력을 발휘하지 못했다.

–GG.

3경기째, 리우의 패배선언이 나왔다.

압도적인 승리.

각국의 해설진들은 강민호가 한국 펜타스톰의 클래스를 입증했다고 입에 침이 마르도록 칭찬했다.

"GG—!!"

캐스터 한용준이 벌떡 일어나 소리쳤다.

"여러분, 강민호의 금메달로 한국이 1위로 올라갔습니다! WCG 우승입니다! 우승!"

민호는 부스에서 달려 나와 한국 선수단 쪽으로 고개를 돌렸다. 무대 아래 한국 선수들이 단체로 뛰어 올라왔다.

"민호 선배님!"

"최고였어요!"

가장 앞에 서 있던 김윤열과 이택용이 만세를 부르며 달려들었고, 뒤이어 진 코치와 감독, 다른 게임에 참여한 선수들까지 한마음이 되어 얼싸 안았다.

"우리가 이길 줄 알았다니까!"

한국 선수들 틈에서 점프를 뛰며 즐거워하던 민호는 무대 아래 서 있는 서은하에게 시선이 머물렀다. 몰래 자신의 입술을 가리키며 효과가 대단했다고 엄지를 들어 올렸다.

풋 하고 웃는 서은하. 함께 즐거워하고 있는 그녀의 얼굴을 마주한 민호의 입가에는 저절로 그녀와 똑같은 미소가 피어났다.

'어쩌면 은하 씨, 행운의 여신일지도 모르겠어.'

결승까지의 대진운도 무난했고, 마지막 상대도 손쉬웠다. 이택용과 김윤열이 평소의 실력을 발휘하지 못한 것은 그들에게는 안타까운 일이나 자신에게는 행운이었다.

끼워 맞추기일 수도 있었다. 그러나 민호는 이 모든 것이 정말 서은하에게 축복의 키스를 받았기 때문이 아닐까 하는 생각이 들었다.

다음 날. 파리에서의 마지막 스케줄이 예정된 하루가 밝았다.

"하아암~"

기지개를 크게 켜며 침대에서 일어난 민호는 머리맡의 시계를 살폈다. 오전 7시. 한 시간 뒤에 촬영이 시작되기에 슬슬 준비해야 했다.

TV를 켜고 채널을 돌려 날씨부터 확인했다. 한 뉴스채널에 멈추자 때마침 기상예보가 흘러나왔다.

―『오늘 하루 구름 조금 낀 날씨로…….』

"오케이, 비 소식은 없고."

야외 촬영이 예정되어 있기에 반가운 소식이었다.

민호는 호텔 창문에 있는 커튼을 열어젖히고 푸른빛의 화창한 하늘을 확인했다.

삑.

셀캠을 틀어 창밖에 보이는 파리의 모습을 담았다.

"보이시죠? 밖에 나가기 딱 좋은 날씨. 프랑스 시각으로 화요일 저녁에 도착했는데 벌써 한 주가 지나고 월요일이 됐어요. 파리 분위기가 좋아서 그런지 시간 가는 줄도 몰랐네요."

셀캠의 저장 용량에 91% 찼다는 표시를 확인한 민호는 한 차례 밖을 더 훑은 뒤에 빠르게 말을 이었다.

"오늘은 드라마 촬영이 있어요. 끝나고 나면 화보 일정을 소화하기 위해 바로 스위스로 떠나요. 취리히의 색다른 풍경에서 인사드릴게요."

카메라를 향해 손을 흔들며 화면을 껐다. 넉넉히 촬영하라고 고용량 메모리칩을 넣어놨음에도 벌써 거의 채워 버렸다.

“많이 찍긴 했어, 내가.”

민호는 피식 웃었다. 창가에서 물러나 고개를 돌리니 아직 꿈나라에서 헤매는 중인 두 후배의 모습이 눈에 들어왔다.

내일 출국 예정인 저 후배들은 오늘 타국 선수단과 단체 파리 관광을 할 예정이었다.

욕실에 들어가 모닝 샤워를 하며, 민호는 출국 전에 부여받은 여러 미션을 떠올렸다.

‘팬을 위한 셀캠은 충실히 촬영했고. 루이에게 본때를 보여주라는 특명은 오늘 안에만 마무리하면 되고. 내일 취리히로 가서 할아버지의 금고에 들리면…….’

대충 중요한 일은 해결한 셈이 된다.

“뭐, 이제 3일 남았는데 별일 있겠어?”

행운의 여신도 함께 있는데 말이다. 씻고 나온 민호는 T 브랜드에서 협찬을 받은 산뜻한 캐쥬얼 의복으로 갈아입고 짐을 챙겨 들었다. 이제야 잠에서 깬 김윤열이 눈을 비비며 민호에게 말했다.

“우음. 선배님, 벌써 가세요?”

“응, 한국에서 보자. 택용이 잘 챙기고.”

“잘 가세요.”

민호는 꾸벅 고개를 숙이는 김윤열에게 손을 흔들어 준 뒤에 문을 닫았다.

호텔의 로비로 걸어 내려오자 휴게실에 앉아 있던 공 매니저가 얼른 달려와 짐을 거들어 주었다.

"가시죠. 리키 한 실장님이 차량을 지원해 주셨습니다."

공 매니저가 호텔 앞에 주차된 차를 가리켰다. 한국에서는 외제차라고 눈길이 갈 만한 디자인이었으나 이곳에서는 푸조사의 흔해빠진 국민 세단이었다.

민호는 뒷좌석에 짐을 싣고 조수석에 올라탔다. 공 매니저가 시동을 걸고 출발하며 말했다.

"아침에 레스토랑에서 촬영하고, 오후에는 라 빌레트 공원에서 촬영이 예정되어 있습니다. 권우철 PD님께서 취리히행 밤 비행기 일정에 어긋나지 않게 해주신다고 하셨습니다."

공 매니저의 익숙한 운전 속에서 일정 설명을 듣고 있자니, 민호는 왠지 파리 한복판에서 서울 시내를 돌아다니고 있는 듯한 기분이 들었다.

시테 섬 인근.

'Pierre'라는 간판이 붙어 있는 건물 앞에는 방송 장비 차량과 스태프들로 발 디딜 틈이 없었다. 공 매니저는 레스토랑의 외관을 보고 감탄했다.

"이 장소 상당히 고급이네요. 무슨 예술 작품 보는 기분입니다."

"예전에는 음악 감상하는 살롱이었데요."

"과연. 분위기가 남다릅니다. 이런 곳에서 일하는 셰프 역할이라니. 잘하면 식품 쪽 광고 무지 들어오겠습니다."

"고작 5분 나가는 신인데요, 뭐."

민호는 방송 차량 옆의 파라솔에 시선이 머물렀다. 배우 대기석에 서은하가 앉아 대본을 살펴보고 있었다.

바로 파라솔을 향해 진격하는데 방송 차량에서 막 내려온 권우철 PD와 마주쳤다.

"민호 씨!"

"권 PD님."

민호는 발걸음을 멈추고 권 PD에게 인사했다.

"8시 30분에 세팅 끝나니까 리허설은 그때 합시다. 갑자기 추가된 대본이긴 하지만, 제가 봤을 때 충분히 타당성이 있어요. 지난번 민호 씨 연기도 무척 좋았고. 민호 씨 출연분 반응 괜찮았다는 소식은 들었죠?"

권 PD의 말에 민호는 '네네' 경청하면서도 마음만은 이미 서은하 옆에 다가가 있었다.

"말씀 다 끝나셨죠?"

"아참, 민호 씨."

민호에게 가까이 다가온 권 PD가 입을 슥 가리고 말했다.

"국장님하고 얘기 끝냈어요. 20부에서 24부로 연장 확정. 홍 작가님이 어떻게 쓸지는 모르겠지만 13화부터는 비중 높이는 것도 가능해요."

권 PD가 레스토랑 안으로 사라지고, 민호는 다시 파라솔로 진격했다.

"어머, 민호 씨~"

이번에는 한쪽에서 조연출과 대화 중이던 홍은숙 작가가 민호를 불러 세웠다.

'크음.'

민호는 파라솔에서 '응?' 하고 고개를 돌리다 자신을 발견하고 눈웃음을 짓는 서은하에게 조금만 기다려 달라는 신호를 보냈다.

"안녕하셨어요, 홍 작가님."

"오늘 멋지게 입었네. 누구 보여 주려고?"

능글맞은 웃음을 짓는 홍 작가의 말에 민호는 당황하지 않고 대꾸했다.

"화면에 잘 나와야죠."

"오호라, 시청자들을 위해?"

"그럼요. 권 PD님이 반응 좋았다고 하셨어요."

"반응이야 좋았지. 이렇게 사랑스러운 커플을 누가 싫어하겠어."

뭔가를 알고 있는 듯한 눈길의 홍 작가. 민호는 외부에는 비밀로 하자고 서은하와 결정했기에 기침만 할 뿐 더는 대답하지 않았다.

"앞으로 민호 씨 자주 출연해 줘야 해. 요즘 트렌드가 요리해 주는 남자거든. 나는 민호 씨가 거기 어울리는 인물이라고 봐."

홍 작가에게 잘 보여야 러브라인이 확정될 수 있기에 한동안 웃으며 대화를 진행한 민호는 8시 30분이 거의 다 되어서야 파라솔에 도착할 수 있었다.

"왔어요, 민호 씨?"

부드러운 눈길로 인사하는 서은하를 보니 마음이 정화되는 기분이었다.

전문 스타일리스트에게서 치장을 싹 끝낸 그녀는 아침부터 눈부신 피부를 뽐내는 중이었다.

"제가 좀 늦었죠?"

"늦을 만했어요, 후후. 홍 작가님 워낙 수다쟁이라."

서은하는 자리에 앉은 민호가 빈손인 것을 보고 물었다.

"민호 씨 대본 안 들고 왔어요?"

"아, 다 외워서요."

"어젯밤에 받으셨잖아요. 분량 꽤 될 텐데 대단하세요."

반지의 절대 기억력 덕분임을 밝힐 수는 없었기에 민호는 적당히 대답했다.

"아무래도 연기 경력이 부족하니까, 외우기라도 잘해야죠."

30분이 되자 스태프 중 하나가 레스토랑 밖으로 나와 크게 외쳤다.

"리허설 들어가겠습니다!"

《사계절의 행운 13화 19-1 '첫사랑 재회 1'》

민호는 레스토랑 주방 안쪽에 서서 권 PD의 신호를 기다렸다.

연기할 인물의 이름은 어릴 적 프랑스에 입양된 한국인 '알랭'으로, 지난번 첫사랑 회상 신에서는 요리사 보조였으나 몇 년이 흐른 지금은 어엿한 셰프로 이 레스토랑에서 일하고 있다는 설정이었다.

프랑스에서 사귄 친구들과 함께 유명 레스토랑을 구경 온 상황의 서은하는 안쪽 테이블에 앉아 있었다.

"19-1씬 스탠바이! 민호 씨 컷부터 갑니다. 자, 레디~ 액션!"

신호와 함께 카메라가 돌기 시작했다.

지배인을 연기하는 엑스트라가 주방 입구로 고개를 들이밀었다.

『알랭! 알랭!』

『왜 그리 난리예요?』

『큰일이야! 다음 타임 연주자가 감기라고 못 왔어. VIP 손님 예약이 있는데 가게에 음악이 끊겼다고 지금!』

접시를 정리하고 있던 민호가 고개를 돌렸다.

『VIP가 누군데요?』

『시장님.』

『으…….』

민호는 어쩔 수 없다는 듯 흰 수건을 들어 물기를 닦고 주방 밖으로 나왔다.

『요리가 좋아 여기 있는 건데 자꾸 다른 일을 시켜요.』

『미안, 미안. 한 번만 부탁해.』

주방 옆에 자리한 캐비닛을 열어 걸치고 있던 복장과 모자를 올려놓는 장면까지 리허설 때와 다름없이 부드럽게 이어졌다.

'후우, 어떻게 보고 있으려나?'

시작 전 점사시계를 터치한 터라 연출진들이 모여 앉은 쪽의 대화가 민호의 귓가에 들려왔다.

-홍 작가님, 파리 대학 나오셨죠? 지금 민호 씨 프랑스어

는 어느 정도죠?

—네이티브. 프랑스 배우 해도 될 정도예요. 프랑스 사람인 루이보다 발음이 좋다면 이해하시겠어요?

—허, 진작 주연으로 섭외했어야 하는 건데.

—제 말이요.

다행히 평은 좋았다.

권 PD가 자리에서 일어나며 외쳤다.

"컷! 좋아요. 바로 다음 씬 이어 갑니다!"

이번에는 서은하 쪽의 촬영이었기에 민호는 조용히 다음 장면 준비를 위해 무대 쪽으로 움직였다. 권 PD는 서은하가 프랑스 친구들과 즐겁게 떠들며 식사를 하는 '19-2' 장면을 촬영하기 시작했다.

'이 피아노 또 치게 될 줄은 몰랐…… 어라?'

무대 위에 올라선 민호는 바로 앞 테이블에 앉아 있는 사람들을 보고 움찔 놀랐다. 촬영에 동원된 엑스트라라고 우기기에는 애매한 인원들이 자리해 있던 것이다.

『그라비 씨?』

이 레스토랑의 실제 주인인 피에르 그라비가 민호를 향해 정중히 묵례를 해 보였다. 피에르의 옆에는 그의 나이 또래로 보이는 노신사 둘이 더 자리해 있었다.

『연주 들으려고 왔다네. 이쪽은 리노 주베. 이쪽은 장 주앙. 다들 얀의 피아노를 그리워하는 사람들이지.』

누군지는 잘 모르지만 어쨌든 프랑스 어르신들이었기에 예의를 갖춰 인사하던 민호는 리노 주베라는 이름이 익숙하다는 사실을 떠올렸다.

'아, 오케스트라.'

지난번, 이 레스토랑에 왔다가 받은 메모지에 적혀 있던 전화번호의 주인이었다.

파리 관현악단의 상임 지휘자.

하도 멀고 높게 느껴지는 사람인 터라 전혀 연락할 생각이 들지 않았었다. 민호는 장 주앙도 어디선가 본 것 같은 기분이 들어 기억을 더듬었다.

'아침의 TV에서 얼핏 봤어. 무슨 뉴스 인터뷰 같은 거였는데…….'

민호는 저 노신사의 얼굴 아래 붙어 있던 자막을 생각해냈다.

파리의 부시장.

이분은 더 높은 곳의 인물이었다.

"음……."

민호는 범상치 않은 신분의 두 노신사를 아무렇지도 않게 데려온 피에르를 마주하고 신음을 삼켰다. 자신의 부담과는 전혀 상관없다는 듯 잔잔한 미소를 띠고 있었다.

연주 좀 듣자고 친구들과 같이 온 걸 뭐라 탓할 수도 없는 일. 스태프들은 두 노신사가 누군지 아예 눈치조차 채지 못하고 있었다.

'차라리 모르는 게 약이지.'

그렇게 부담감을 안고 피아노 앞에 선 민호의 머릿속으로 불현듯 애장공간의 추억 하나가 스치고 지나갔다.

—저는 조국, 체코로 돌아갑니다.

얀의 앙코르곡이 끝나고, 울고 있는 피에르 옆에 자리한 청년의 얼굴이 파리 관현악단의 상임 지휘자 얼굴과 겹쳐졌다.

—얀, 네가 떠나면 난 누구와 연주해…….

—내가 러시아 놈들 쓸어버리겠어! 가지 마!

리노의 외침에 이어 군인 복장의 청년도 연달아 소리쳤다.

민호는 군인 청년의 얼굴이 파리 부시장의 얼굴과 겹쳐지는 것을 확인하고 놀랐다.

'뭐야, 그라비 씨뿐만이 아니었네.'

그때 들은 얀의 음악이 얼마나 가슴을 울렸으면 그 오랜 시간이 흐른 지금도 이렇게 듣고 싶어 하는 걸까?

세 노인 모두 그 시절을 기억하고 있음을 알게 되자 얀의 감성을 공유 중인 민호는 작은 고민에 빠졌다. 그래도 뭔가 의미 있는 곡을 연주해 주고 싶은 마음. 이건 촬영과는 전혀 상관없는 순수한 호의였다.

'지난번에는 녹턴 1, 2번을 연주했으니까 이번에는…….'

《사계절의 행운 19-3 '첫사랑 재회 3'》

민호는 피아노에 앉았다.

이번 촬영은 재회 장면의 하이라이트라고 할 수 있는, 연주 도중에 서은하가 '알랭'을 알아보고 놀라는 씬이었다.

"민호 씨, 소리가 별로여도 나중에 배경음 깔면 되니까. 표정이랑 리액션을 확실히 해줘요. 그런데 누구 곡이라고 했지?"

"쇼팽이요."

"오케이. 원거리 샷이니까 부담 갖지 말고."

서은하에게 민호의 피아노 얘기를 듣기는 했으나 확신은 없었던 권 PD였기에 시늉만 해도 된다고 강조했다.

"레디, 액션!"

권 PD가 신호를 보냈음에도 민호는 한동안 피아노만 쳐다보며 가만히 있었다.

연주 직전의 정적.

레스토랑 안에 있던 사람들은 다음 소리를 기다리며 자신들도 모르게 숨을 죽였다.

피아노 리사이틀이 가능한 수준의 음악가가 단시간에 곡의 감정에 몰입하기 위해 하는 행동이 민호에게서 나왔으나 그것을 캐치한 이는 무대 근처의 노신사 셋뿐이었다.

이윽고, 민호의 손가락이 움직였다.

쇼팽. 피아노를 위한 발라드 1번 '콘라트 발렌로트'.

둥.

느리고 장엄한 분위기의 저음이 홀 안을 휘감았다. 마치 "내 이야기를 들어줘!" 하고 가슴에 노크하는 듯한 일곱 마디의 멜로디가 이어지자 무대로 눈과 귀를 집중하지 않은 이는 아무도 없게 됐다.

민호의 손가락이 춤추듯 피아노 위를 거닐었다.

선율 안에 이야기를 담고 있는 형식의 이 곡은 20대 초반의 청년, 쇼팽이 가진 애틋한 감수성과 그 이면에 숨겨진 뜨거운 열정이 함께 버무려진 명곡이었다. 더불어 얀이 가장 좋아했던 곡이기도 했다.

두 손을 꼭 붙잡고 지켜보고 있던 리노 주베는 얀을 다시 보고 있는 것만 같은 느낌에 그도 모르게 눈시울이 붉어졌다. 함께 음악원에 다니고, 콩쿠르에 출전하고, 연주에 대한 열정을 나눴던 그때의 모습이 눈앞에 펼쳐지는 듯했다.

장 주앙은 첫 마디부터 이미 손수건과 함께하고 있었다.

여자나 좀 만나볼까 출입했던 살롱에서 조우한 청년, 얀. 그의 피아노를 듣느라 술도 줄였고, 음악적 소양이 높은 참한 아내도 만났다.

추억에 젖은 두 친구의 옆에서 피에르는 그저 고맙다는 눈빛으로 무대의 민호를 바라보았다.

부드럽게 진행되던 곡은 음에 점차 힘을 싣기 시작하더니 이내 민호의 폭풍 같은 아르페지오와 함께 열정적인 연주로 변해갔다.

『이건 기적이야…….』

피에르의 중얼거림과 함께 마지막 전율의 3음이 끝났다.

민호가 연주를 끝마치자 강렬한 고요가 레스토랑 안을 강타했다. 9분여를 연주했을 뿐인데 민호의 이마에는 땀이 그득했다.

"권 PD. 이게 대체……."

보통 한국에서 피아노 조금 배웠다고 하는 연예인 수준의 간단한 연주만 생각하고 있던 음향감독은 그저 입을 벌린 채 땀에 젖어 있는 민호를 바라보았다.

"커, 컷! 좋았어!"

배우의 연기를 확인해야 할 권 PD조차 피아노의 소리에 흠뻑 빠져들어 뒤늦게 컷을 외쳤다. 권 PD는 고개를 돌려 스태프들을 바라보았다.

"조, 좋은 거 맞지? 그것도 엄청."

클래식에 조예가 있는 스태프는 아무도 없었기에 다들 평가보다는 웅성거릴 뿐이었다.

'으, 뻐근해.'

민호는 손가락에 찾아온 고통에 속으로 고개를 저었다. 이런 곡은 한번 치면 더는 못 친다. 가벼운 3분짜리 곡으로 할 것을.

피아노에서 일어난 민호가 관객석을 향해 허리를 숙였다.

박수는 이때부터 터져 나왔다.

『브라보! 놀랍네, 놀라워.』

여운에 젖어 있던 피에르가 손뼉을 치자 다른 두 노신사도 감격에 겨운 표정으로 기립박수를 보냈다.

『장, 피에르 말대로 얀이 살아 돌아온 것 같지 않았어?』

『그러게 말이야.』

가까이에서 이 대화를 들은 민호는 저들이 얀이 죽었다고 생각하고 있음을 깨달았다. 그동안 소식이 전혀 없었고, 만나지 못했을 테니 당연한 추측이리라. 그러나 민호는 알았다.

애장공간에 깃든 얀의 마음이 사라지지 않은 이상 어딘가에서 잘 지내고 있으리란 것을. 40년이 지난 지금에도 애장품의 빛을 유지하고 있을 만큼 이곳을 소중히 여기고 있었다.

『이보게, 젊은이.』

리노 주베가 무대 바로 앞까지 걸어왔다.

『혹시 시립 관현악단에서 함께 연주할 생각 없나?』

『그거 좋은 생각이야. 나도 적극 추천해 주겠어. 시장도 이 연주 들으면 아무 말 못 할걸?』

뒤이어 장 주앙도 합류했다.

민호는 웃으며 고개를 흔들었다. 서울도 아니고 파리에서, 그것도 최정상급의 연주자들이 즐비한 관현악단에 자신이 들어간다니 말이 안 된다.

『말씀은 고맙지만 제가 피아니스트가 아니라서요.』

『정기 활동이 힘들면 협연도 가능하네.』

리노 주베는 포기할 생각이 없어 보였다. 이럴 때는 딱 잘라 말하는 편이 낫겠다는 생각에 민호는 진지한 얼굴이 되어 입을 열었다.

『만약 제가 피아노를 본격적으로 친다면, 한국에서 그들을 위로해 줄 수 있는 연주를 하고 싶어요. 지구 상의 유일한 분단국가. 아시죠? 음악은 상처 난 이들의 마음을 치료할 수 있는 약이잖아요.』

리노와 장은 놀란 눈이 되어 민호에게 시선을 집중했다. 얀의 변명을 비슷하게 따라 하자 역시나 두 노신사는 아무

말도 하지 못했다.

다만, 연주 중에 가장 훌쩍였던 장 주앙이 무대 위로 올라와 민호의 손을 붙잡으며 눈물을 터트리는 것까지 막을 수는 없었다.

『아내도 이 무대를 봤어야 했는데…….』

얀의 시선으로 본 장 주앙은 우락부락한 인상이지만 속은 순수한 군인 청년이었다. 민호는 말없이 장 주앙의 어깨를 두드려 주다 이분이 무려 파리의 부시장이라는 것을 깨닫고 헛기침하며 손을 내렸다.

"민호 씨!"

입구 쪽에서 구경하던 홍 작가가 달려왔다.

"대박! 우리 한국에서도 음악 하는 씬 넣자. 요리도 하고, 음악도 하고."

"홍 작가님……."

민호는 피아노 치는 건 한번 나왔으니 물릴 거라고 말한 뒤, 상건이 형의 기타나 이설이의 하모니카를 활용한 신을 제의했다. 홍 작가는 다룰 수 있는 악기가 많아서 좋다며 한참이나 수다를 떨었다.

2시간 후.

레스토랑에서의 촬영이 모두 끝나고 다음 장소로 이동하

기 위해 밖으로 나서던 민호는 입구에서 대기 중이던 세 노신사에게 가로막혀 움찔 물러섰다.

피에르가 부드럽게 웃으며 말했다.

『리노랑 장이 이름이라도 알려 달라는군.』

『한국식 이름이라 발음하기 쉽지 않을 거예요.』

민호가 "강민호"라고 말하자 두 노신사가 따라서 그 이름을 중얼거렸다. 함께 나서던 서은하는 두 노신사의 발음이 너무 귀여워 입을 가리고 웃었다.

장 주앙이 작은 메모지 하나를 민호에게 내밀었다.

『이건 내 직통 번호. 파리에서 불편한 일 같은 거 생기면 바로 연락해 줘. 뭐든 해결해 줄 테니까.』

『감사해요, 부시장님.』

리노 주베 역시 그의 명함을 내밀었다.

『지금 있는 피아노 라인의 3번 연주자가 곧 계약이 끝난다네. 따로 구하지 않고 기다리고 있을 테니 생각 있으면 연락 주게.』

『아……. 여러모로 생각해 볼게요.』

촬영 시간 내내 관현악단에 들어오기를 소망하는 듯한 눈치를 보였기에 민호는 차마 매몰차게 거절할 수가 없었다.

'나중에 애장품 소유한 연주자들을 소개받을지도 모르고 말이야.'

의도한 것은 아닐지라도 어쨌든 한국이 아닌 유럽에 인맥이 생긴 일이었다. 민호는 이 부분에서만큼은 내심 뿌듯한 기분이 들었다.

『저희 이만 가볼게요. 공원 촬영이 있어서.』

민호의 인사에 피에르가 악수를 청하며 말했다.

『다시 파리에 놀러 오면 꼭 방문해 주게. 자네와 자네의 아름다운 '피앙세' 모두. 언제든 환영이야.』

『피, 피앙세? 은하 씨와 저 아직 그 정도는 아니에요. 좋은 감정을 갖고 서로 알아가는…….』

무슨 대화를 나누는지 알아듣지 못하고 있는 서은하와 눈이 마주친 민호는 누가 엿듣는 것도 아닌데 목소리를 낮춰 말했다.

『꼭 다시 올게요. 둘이 같이.』

신혼여행으로 오면 더 좋고.

세 노인이 'Au revoir~'라는 인사말과 함께 손을 흔들었다. 옆의 서은하도 고개 숙여 인사하고는 민호를 따라 걸었다.

"무슨 얘기 나눈 거예요?"

"별 얘기는 아니었어요."

피앙세 발언에 괜히 찔린 민호는 아무것도 아니라는 듯 손을 저으며 말했다.

"나중에 또 오라고 하시네요. 연락처도 주시고."

"저 세 분 민호 씨 연주 무척 좋아하시는 것 같았어요. 옆집 할아버지처럼 인상도 좋으시고. 프랑스 어르신들은 다들 분위기 있어 보이죠? 낭만이 풍부해서 그런가?"

민호는 저 인상 좋아 보이는 사람 중 하나는 유명 관현악단의 지휘자고 하나는 파리 부시장이라는 사실은 굳이 밝히지 않았다.

이걸 얘기하면 아까의 연주가 취미로 동네 피아노학원에서 배운 수준이라는 변명이 잘 먹히지 않을 테니까.

"은하 씨는 제 쇼팽 어땠어요?"

"좋았는데, 왜요?"

"그게 어쩌다 얻어걸린 연주거든요. 파리 특수랄까? 다른 곳에서는 오늘만큼 절대 못할 거예요."

"피~ 민호 씨가 그 말 할 줄 알았네요."

서은하의 입가에는 희미하게 미소가 떠올라 있었다. 그녀는 민호의 귀에 대고 작게 말했다.

"저는 민호 씨가 뭘 해도 멋있으니까, 다른 곳에서 이만큼 못해도 괜찮아요."

역시 따뜻하고 사려가 깊어, 하고 고개를 끄덕인 민호는 주위를 살피다 가만히 그녀의 손을 붙잡았다.

"민호 씨~ 누가 보지 않을까요?"

"안 봐요."

스태프들 전부 장비 정리하고 차량에 싣느라 정신이 없었기에 민호와 서은하를 주시하고 있는 이는 아무도 없었다.

"그리고 들키면 들키는 거죠."

이건 요원의 허세가 살짝 섞인 말이었다. 민호는 계속 주위를 두리번거리면서도 세게 나갔다.

"내가 은하 씨 손 좀 잡겠다는데."

"그럼 우리 확 발표할까요? 기자회견 같은 거 열어서."

"거, 거기까지는……."

스캔들만큼 신인 여배우에게 치명적인 것은 없음을 알기에 민호는 고개를 흔들었다.

거리로 나와 세단이 주차된 장소로 향하던 민호는 고개를 돌려 레스토랑 'Pierre'의 간판을 마지막으로 바라보았다.

'언제 또 여기 올 날이 있을까?'

어쩌면, 정말 신혼여행으로 파리에 다시 올 수 있을지도 모르겠다는 기분 좋은 상상이 떠올랐다.

파리 중심가에서 북동쪽에 자리한 라 빌레트 공원.

삑.

벤치에 앉아 있던 민호는 셀캠을 들어 풍경을 쭉 훑었다.

"그동안 구경했던 곳에서 파리의 옛 정취를 느끼셨다면 여기는 최첨단 도시 같은 느낌을 받으실 거예요. 과학 테마파크거든요."

특이한 유리 조형물과 철제 건물이 늘어선 공원 한쪽에는 넓은 잔디밭이 자리해 있었다.

미래형 건축물과 자연이 어우러진 놀이 공원 같은 곳. 민호는 셀캠을 확대해 라 빌레트 공원의 상징인 지름 36m의 거대한 스틸 반구를 찍었다.

"신기하죠? 저 안에 360도 스크린이 있다네요."

친절하게 조형물들을 설명해 주던 민호는 렌즈를 돌려 자신을 비췄다.

"이제 정말로 취리히에서 인사드릴게요~"

민호는 '바이바이' 손을 흔들고 셀캠을 백팩에 갈무리했다. 그리고 촬영을 준비 중인 잔디밭 쪽에 시선을 던졌다.

테니스 네트를 설치하고 흰 줄로 코트를 만들고 있는 스태프들의 모습이 보였다.

이곳에서의 촬영은 극중에서 오랜만에 만난 두 사람의 공원 데이트 신이었다. 다만, 여기에 여주인공과 함께 있는 것을 시기한 프랑스 아마추어 테니스 선수들과 시비가 붙는 장면이 나왔다.

홍 작가로부터 전형적이지만 여자 시청자들을 만족시킬

수 있는 에피소드라는 설명을 들었다.

'알랭'은 데이트하다 말고 숨겨두었던 테니스 실력을 뽐내야 했다. 민호는 어제 외워두었던 대사들을 떠올리다가 고개를 흔들었다.

요리, 음악에 이어 운동까지.

홍 작가는 여성 시청자들의 마음을 잡기 위해 남자는 기본적으로 슈퍼맨이 되어야 한다고 말하는 것 같았다.

'애장품이 있어 천만다행이야.'

민호는 배우 전용 파라솔에 앉아 있는 한 사람, 프랑스 청년 루이를 주시하며 백팩에서 애장품을 꺼냈다.

"때가 왔습니다, 반장님."

서철중에게서 빌려 온 스포츠용품은 배드민턴화와 야구모자, 축구 무릎보호대, 골프장갑이었다. 하나하나 프로 운동선수의 능력을 발휘할 수 있게 해주지만, 테니스를 해야 하는 상황에서는 얼마나 도움이 될지 아직 미지수였다.

'라켓하고 반지만 있는 것보다야 효과가 있겠지.'

민호는 모든 용품을 손에 쥐고 파라솔 쪽으로 움직였다. 루이는 대본을 살피고 있는 서은하에게 느끼한 미소로 말을 걸고 있었다. 수작을 부리고 있는 것이 명백한 모습.

'저 자식이.'

점자시계를 터치해 파라솔 쪽에 귀를 기울였다.

–은하 씨, 저녁에 시간 어때요?

–바로 스위스로 가야 해요.

–스위스? 잘됐네요! 거기 우리 외할아버지 별장 있는데. 저도 한국에 가기 전에 별장에서 휴식 좀 취하다 가려고 했거든요. 같이 가요, 은하 씨.

–화보 촬영이 있어서요. 별장은 잘 다녀오세요.

루이는 프랑스인이면서도 한국말을 무척 잘했다. 다행인 것은 서은하의 대응이 침착하다는 것이었다. 루이가 무엇을 하건 그다지 신경 쓰지 않고 대본에 집중했다.

『루이, 루이. 대본은 다 외우셨나?』

『왔어, 카메오?』

『반가워, 엑스트라.』

루이는 심기 불편한 눈빛으로 민호를 한번 쳐다보고는 대본을 보는 척 시선을 돌렸다. 며칠 전부터 여러 번 서은하에게 작업을 시도했으나 그녀가 꿈쩍도 않았기에 조금 의기소침해진 모양이었다.

서은하가 민호에게 어딜 다녀왔느냐는 눈길을 보냈다. 민호는 귓속말로 '셀캠'이라고 빠르게 말한 뒤에 그녀 옆자리에 앉았다.

"또 찍으셨어요?"

"팬을 위한 거니까요."

"민호 씨 팬미팅 행사, 저도 가보고 싶네요."

얼마 후, 파라솔 쪽으로 스태프 하나가 다가왔다.

"촬영 준비 끝났습니다. 스탠바이 하세요!"

《사계절의 행운 20-3 '첫사랑 테니스 게임'》

공원 이용시간 때문에 데이트 신보다 먼저 경기하는 신부터 찍게 됐다.

민호는 코트에 서서 라켓을 만지작거리며 몸 상태를 체크해 보았다. 푹신한 신발과 면바지 안쪽에 착 달라붙는 무릎 보호대가 왠지 다리에 힘을 더해주는 기분이었다.

골프장갑은 얇아서 착용보다는 곱게 접어 호주머니에 넣어둔 상태였고, 모자는 뒤로 돌려서 쓰고 있었다.

스타일리스트에게 한번 체크를 받았기에 전체적인 패션은 나쁘지 않았다.

'능력은 어떨지 볼까?'

민호는 공 하나를 손에 쥐고 바닥에 톡톡 튕겼다가 반대편의 루이에게 말했다.

『루이, 몸부터 풀어 볼까?』

루이가 코웃음을 쳤다.

『대본 못 봤어? 어차피 내가 져 줘야 해.』

『져 주다니. 전력을 기울여도 돼. 그래야 장면이 더 박진

감 넘치지.』

『테니스 얼마나 했는데?』

민호는 지난번 임 형사와의 대전까지의 날짜 수를 헤아리다가 손가락 두 개를 들어 보였다.

『2년? 나보다 1년 적네.』

『2달. 테니스 가르쳐 준 사람이 은하 씨거든.』

『초심자였냐!』

어이없다는 표정이 된 루이가 서브를 보내보라고 손짓했다.

민호가 공을 허공에 던졌다. 민호의 오른팔을 따라 아치형으로 부드럽게 꺾였던 테니스 라켓이 스프링처럼 앞으로 휘둘러지며 그대로 공을 강타했다.

파아앙!

가슴을 꿰뚫는 듯한 통쾌한 타격음과 함께 공이 네트를 넘어 루이의 발 앞에 꽂혔다. 그리고 간이 코트 밖의 잔디밭 저 멀리 사라졌다.

반응조차 하지 못한 루이가 입을 딱 벌렸다.

'잘은 모르겠지만…….'

서은하의 집 근처에서 임 형사와 싸웠을 때의 서브보다 훨씬 강해 보였다.

민호는 이 한 번의 서브로 루이가 서은하에게 으스댈 만한 장점이 모두 사라졌음을 확인했다. 자랑이었던 프랑스어도 자신 때문에 의미가 없어졌고, 테니스 좀 가르쳐 주겠다고 껄떡이는 것도 이제 아무 말 못 할 것이다.

카메라 체크를 끝낸 권 PD가 소리쳤다.

"리허설 없이 갈게요! 편집은 알아서 할 테니, 자유롭게 게임 하시면 됩니다. 루이 씨는 일부러 점수 좀 잃어 주시고요."

루이는 서브 한 번으로 얼어붙어 있었기에 권 PD의 말을 제대로 알아듣지 못했다. 민호는 테니스공 하나를 다시 손에 쥐고 루이에게 말했다.

『아, 쏘리쏘리. 2달이 아니었어.』

『그렇지? 누굴 속이려 들어.』

민호는 싱긋 웃으며 말했다.

『2달하고 보름이나 지났네.』

『거짓말!』

『은하 씨에게 한번 물어봐. 그녀가 거짓말 같은 거 전혀 안 하는 사람이라는 건 알지?』

허공으로 테니스공이 올라갔다. 민호는 즐거운 기분으로 루이는 식은땀을 흘리며 경기를 시작했다.

《사계절의 행운 20-1 '첫사랑 데이트'》

데이트를 즐기는 신은 원거리 촬영으로 시작됐다.

왼쪽엔 시냇물이, 오른쪽에는 소규모 상점들이 자리한 공원의 산책로 위에 민호와 서은하가 섰다.

"레디~ 액션!"

권 PD의 신호를 따라 걷기 시작한 민호는 멀리서 자신과 서은하를 찍고 있는 카메라를 보며 물었다.

"은하 씨, 보통 대본에 '즐거운 듯이 대화'라는 지문 나오면 어떤 말을 해요?"

"그냥 일상적인 얘기요. 방송국 점심 메뉴를 묻는다든가 어제 본 TV 얘기를 한다든가. 남자 G를 좋아하는데 그 남자가 관심 있는지 없는지 잘 모르겠다던가……."

"남자 G는 지금 아아~ 주 관심 많아요."

"후후."

서은하는 민호의 왼팔에 그녀의 손을 감으며 팔짱을 꼈다.

"이렇게 행동으로도 보여줘야 나중에도 화면에 잘 나와요."

즐거운 한때를 나타내는 전형적인 장면에서 빛을 발하는 건 배우들의 표정이라는 연기 선배의 말. 민호는 서은하를 보고 연기를 시도해 보려다 그도 모르게 웃었다.

"하는 척은 아직 잘 안 되네요. 은하 씨, 마이크도 없겠다 우린 그냥 편하게 할까요?"

"편하게요?"

"저런 거 같이 먹으면서요."

민호는 도로 한쪽에 늘어서 있는 음식 가판대를 가리켰다. 고소한 향이 풀풀 풍기는 프랑스식 길거리 음식이 서은하의 눈길을 끌었다.

가판대 앞에 선 민호가 하나를 주문했다.

뜨겁게 달궈진 둥근 철판 위로 우유와 달걀을 섞은 한 국자의 밀가루 반죽이 올라왔다. 얇게 펴진 반죽이 순식간에 익으며 돌돌 말려 갔다. 거기에 바나나와 초콜릿 시럽까지 담기자 순식간에 군침이 도는 크레페가 완성됐다.

『여기 있습니다.』

민호는 손에 든 크레페를 서은하에게 내밀었다. 한입 베어 문 서은하가 맛을 음미하며 감탄했다.

"와, 달콤해~ 민호 씨도 먹어봐요."

민호도 한입 물었다. 바삭하고 고소한 겉과 부드럽고 달콤한 안쪽의 식감이 입맛을 자극했다.

주거니 받거니 크레페는 금방 사라졌다. 멀리서 모니터링 중인 권 PD는 그림 괜찮다며 계속 진행하여 달라고 요구했다.

"민호 씨, 저기도 가봐요."

기념품 가게에서 엽서와 티셔츠를 구경하고, 부모님과 같이 공원에 놀러 온 프랑스 꼬마의 앙증맞은 외모에 시선을 빼앗기고, 산책로를 거닐며 '실제로 즐거운 한때'를 보내는 대화를 나눴다.

민호는 뭔가 합법적으로 데이트를 즐기는 것만 같아 가슴 한구석이 찔리면서도 마냥 재밌었다.

"컷! 촬영 끝!"

해가 질 무렵 모든 신의 촬영이 종료됐다. 동시에 파리의 로케 일정도 종료됐기에 스태프들 전부가 환호했다.

"드디어 한국에 가는구나!"

"된장찌개랑 김치가 이렇게 그리울 줄이야."

고작 일주일 동안 파리에서 지낸 민호도 벌써 한국이 그리워질 정도였기에 보름 이상 체류한 드라마 스태프들의 심정은 충분히 이해가 갔다.

"고생하셨습니다, 민호 씨."

잔디밭 근처의 벤치에 앉아 있던 민호에게 공 매니저가 다가와 빠르게 말했다.

"9시 비행기라 약간 빠듯합니다."

취리히로 이동해야 하는 일정. 짐은 국외담당 실장 리키 한이 먼저 들고 갔기에 몸만 가면 끝난다.

공 매니저는 당연히 옆에 있어야 할 서은하가 보이지 않자 민호에게 물었다.

"서은하 씨는요?"

"홍 작가님이 따로 할 얘기가 있으시다고 잠깐 저쪽에 있어요. 금방 올 거예요."

"시간 절약할 겸, 저는 차부터 빼서 공원 입구 쪽에서 대기하고 있겠습니다."

"네, 매니저님. 은하 씨랑 바로 갈게요."

잠시 후, 서은하가 홍 작가와 함께 걸어왔다. 홍 작가는 곧장 민호의 옆으로 다가와 말했다.

"인터라켄으로 화보 촬영 간다며? 좋겠네."

"일인데요, 뭐."

민호의 어깨를 툭 친 홍 작가가 '호호' 웃으며 눈을 빛냈다.

"일도 마음 잘 맞는 사람이랑 같이하면 그냥 일이 아닌 거야."

뭔가를 알고 있는 눈빛이었으나 그것이 뭔지는 민호도 알 수가 없었다. 민호는 찜찜한 느낌과 함께 홍 작가와 인사를 나눴다.

"한국에서 봬요, 홍 작가님."

"민호 씨도 사진 잘 찍고 와~ 은하 씨도 몸조리 잘하고."

스태프들과도 인사를 나눈 뒤에 민호와 서은하는 공원의

입구로 향했다.

『파리발 취리히행 비행기에 탑승하신 승객 여러분께 안내 말씀드립니다…….』

민호는 비행기 좌석에 앉자마자 노트북을 꺼냈다. 셀캠의 메모리칩 용량이 가득 차서 찍은 영상을 전부 옮긴 뒤에 한 번 훑어볼 생각이었다.

소장할 것은 따로 빼놓고, 화면이 영 이상하다 싶은 건 삭제하고. 디지털 파일로 저장되어 있기에 편집은 생각보다 간편했다.

옆 좌석에 앉은 서은하는 고단했던지 안전벨트를 매자마자 곤하게 잠이 들어 있었다. 아직 시차 적응이 덜된 공 매니저도 앞좌석에서 꾸벅꾸벅 졸기 시작했다.

비행기가 이륙하고, 이어폰을 끼고 동영상을 살피기 시작한 민호도 이내 피곤을 이기지 못해 눈꺼풀이 스르륵 감겼다.

그사이 아무도 보지 않는 노트북 화면 속 동영상은 계속해서 재생됐다.

《강민호 파리여행 셀프 카메라, 0m 13s》

“응? 녹화되는 건가?”

무릎을 비추고 있던 화면이 덜그렁거리더니 민호의 얼굴이 나타났다.

“안녕하세요, 여러분. 강민호입니다.”

[2m 21s]

“아아, 들리시죠? 여기는 출국장 안입니다.”

…….

“민호 선배님!”

“오, 택용아. 오랜만이야.”

…….

“윤열아. 카메라 보고 인사 좀 해줘.”

“바, 반가워요.”

[10m 3s]

“파리에 도착했어요. 짜잔~ 보이시죠?”

길을 걷다 꽃 가게 앞에 우뚝 멈춘 민호의 옆으로 꽃가게 주인이 ‘봉주르~’ 인사하는 모습이 나왔다.

『진짜 아름다운 여자를 만나러 가는데 그에 걸맞은 꽃 한 송이 추천해 주시겠어요?』

[14m 47s]

"저기 보이는 것이 시테 섬 한가운데로 들어가는 센 강의 다리입니다. 시테 섬은 여의도 같은 느낌의 강 위에 있는 섬이에요. 노트르담 대성당도 얼핏 보이네요."

화면에 진짜 아름다운 여인, 서은하가 나타났다.

"이쪽은 아까 말씀드린 드라마 주인공 서은하 씨고요. 한국에 빠트리고 온 물건 하나를 배달해 주고 저녁을 얻어먹기 위해 기다리는 중입니다."

"안녕하세요. 저도 민호 씨 팬이에요."

[23m 9s]

"뭐가 맛있는지 몰라서 레스토랑 추천 메뉴를 시켰어요. 은하 씨는 음식 먹기 전에 사진 같은 거 잘 안 찍죠?"

고개를 끄덕인 서은하는 레몬 소스를 먹고 눈썹을 파르르 떨었다.

색다른 향신료 맛에 놀라는 얼굴, 달달한 맛에 행복해하는 얼굴, 앞에서 같은 음식을 먹고 있는 민호의 눈을 바라보며 미소 짓는 얼굴이 화면에서 이어졌다.

[43m 22s]

"이렇게 찍는 게 맞나?"

부스럭거리는 소리와 함께 화면에 서은하의 얼굴이 잡혔다.

"보이세요? 지금 민호 씨가 피아노를 치고 있어요."

꿈을 꾸는 듯한 조용한 선율이 화면 속에서 흘러나왔다. 서은하가 앵글을 돌려 무대 위의 민호를 줌인 했다.

"민호 씨는 무언가 하나에 빠지면 저렇게 온 힘을 쏟아요. 본인은 아니라고 하는데, 자세히 보면 눈이 초롱초롱 빛나거든요. 팬 여러분이 보시기에도 귀엽지 않아요?"

[1h 2m 25s]

화면 속에 침대 가장자리에 엎드려 있는 민호가 나타났다. 뒤이어 서은하의 침착하고 예의 바른 목소리가 흘러나왔다.

"민호 씨는 잠을 이기지 못했습니다. 저는 어떻게든 버텼는데 민호 씨는 그러지 못했어요."

서은하가 민호의 눈썹을 톡 건드렸다.

"민호 씨."

"흠냐……."

"거기서 자면 피곤하니까 이리 올라와요. 부끄럽지만, 부끄럽지 않은 척할게요."

똑똑.

방문을 두드리는 소리에 화면이 움찔 흔들렸다. 셀캠이 탁자 위로 올라가 앵글이 방 전체를 비추는 구도로 바뀌었다.

"은하 씨, 있어?"

화면에 서은하가 쪼르르 방문 앞까지 달려가는 모습이 나왔다.

"호, 홍 작가님. 지금은 조용히 돌아가 주셨으면 합니다."

"응? 은하 씨 말투가 왜 그래?"

"술을 먹었습니다."

"누구랑? 민호 씨랑?"

고개를 바로 끄덕끄덕 하는 서은하.

"뭔 일 있었구나?"

"택시에서……. 아아! 이건 말씀드리면 안 됩니다!"

"은하 씨 취하면 이렇게 귀여워질 줄은 몰랐네. 민호 씨 엄청 설렜겠어. 어? 가만."

문을 비집고 고개를 쓱 내민 홍은숙의 얼굴이 화면에 나타났다.

"아니 이게 누구야? 민호 씨랑 한방에 있었어? 어머, 어머. 은하 씨이~"

서은하는 어쩔 줄 몰라 하다 후다닥 달려가 이불을 뒤집어썼다. 방 안을 살피던 홍은숙은 혀를 쯧쯧 찼다.

"뭐야, 민호 씨 기절해 있네. 아쉽게."

방 안에 들어온 홍은숙을 향해 이불 속 서은하가 말했다.

"그만 가주셨으면 좋겠습니다."

"민호 씨랑 단둘이만 있고 싶다 이거야? 은하 씨 보기보다 엉큼해."

"아, 아니요!"

"알았어. 나가줄게. 둘이 이렇게 분위기 좋아질 줄은 몰랐네. 그 레스토랑이 효과가 있었나 봐?"

부끄러워하던 서은하가 이불 위로 고개를 살짝 내밀었다.

"저기, 홍 작가님."

"응?"

"고백해 버렸습니다."

"고백?"

홍은숙이 눈을 크게 뜨고 되물었다.

"내가 생각하는 그 고백 말하는 거야?"

끄덕끄덕.

"와, 은하 씨. 고민 그렇게 하더니 화끈하게 질렀구나."

"그런데 민호 씨가 그걸 들었는지 잘 모르겠습니다."

"그게 무슨 말이야?"

"저도 졸려서 민호 씨가 언제 잠들었는지 파악하지 못했습니다."

홍은숙의 시선이 꿈나라에서 헤매고 있는 민호를 향했다. 뺨을 꾹 찔러보았으나 반응은 거의 없었다. 이 정도면 뺨을 때려도 못 일어날 수준.

"술 먹으면 세상모르고 잠드는 남자라 애매하겠어. 술기운에 용기를 냈는데 그게 전해졌는지 아닌지 모르다니."

"슬픕니다. 선물도 받았는데."

서은하가 침대 머리맡에 올려 둔 꽃 한 송이를 손에 들었다. 홍은숙은 마거리트라 불리는 새하얀 꽃을 확인하고 감탄했다.

"민호 씨는 이런 거 보면 무척 로맨틱해. 아무것도 모르는 얼굴을 하고 있는데 할 건 다 하잖아. 운동도 잘해, 연기도 잘해, 똑똑해. 카메오 출연분이 화제가 된 건 민호 씨의 이 여심을 홀리는 면 때문이었어."

"바람둥이 아닙니다."

"누가 바람둥이래? 딱 남자 주인공 감이다 이거지."

홍은숙은 꽃을 한참 동안 들여다보고 있는 서은하에게 물었다.

"은하 씨, 그 꽃으로 꽃점 많이 보는 거 알아?"

"꽃점?"

"왜에, 그런 거 있잖아. 이 사람이 날 사랑한다, 사랑하지 않는다. 하며 꽃잎 하나씩 뜯는 거. 은하 씨도 한번 해봐. 별거 아닌데 용해."

이 말에 서은하는 결심했다는 듯 이불을 박차고 나왔다.

"고민할 게 아니라 이걸로 결정해야겠습니다."

"결정? 사랑한다 안 한다를 점치는 게 아니고?"

서은하가 꽃잎을 하나씩 따며 말하기 시작했다.

"다시 고백한다. 모른 척 넘어간다. 다시 고백한다."

홍은숙은 고백할 대상을 바로 앞에 두고 벌이는 서은하의 순수한 주정에 입을 가리며 키득키득 웃었다.

"아, 이거 나만 보기는 너무 아까워. 민호 씨가 이걸 봐야 은하 씨의 매력을 더 느낄 텐…… 어? 이 카메라는 뭐야?"

홍은숙의 시선이 카메라를 향했다. 꽃잎을 뜯던 서은하가 예의바르게 대답했다.

"민호 씨 물건입니다."

탁자 위에 있던 셀캠의 앵글이 서은하에게 고정됐다. 무척 심각한 얼굴로 꽃을 바라보고 있는 서은하의 표정이 화면에 선명하게 잡혔다.

"모르는 척 넘어간다."

꽃잎을 따고 있던 서은하의 손이 멈췄다.

"어머."

홍은숙이 감탄했다. 서은하는 마지막 남은 꽃잎을 따며 말했다.

"민호 씨 일어날 때까지 기다렸다가 고백하겠습니다."

서은하가 이불 위에 떨어진 꽃잎을 손으로 모아 대본 사이에 소중히 끼워 두는 모습을 찍은 홍은숙이 말했다.

"은하 씨, 이 말 한번 따라 해볼래? 이 애교 한번 보여주면 민호 씨 껌벅 죽을걸?"

"무슨 애교인가요?"

"카메라 보고 말해봐. 나 꿍꼬또. 기싱꿍꼬또."

"꿍꼬또?"

"꿈꿨다고. 손도 좀 배배 꼬고."

"이렇게요?"

"좋아좋아. 이제 말해봐."

서은하가 카메라와 눈을 마주치며 아기 같은 발음으로 귀신 꿈을 꿨다고 투정을 부렸다.

"대박 귀여워! 민호 씨 이거 보면 아마 나한테 평생 고마워할 거야. 근데 은하 씨는 술주정이 뭐 그래? 할 말 다하고, 시키면 술술 다 하네."

"그래서 술은 친한 사람하고만 먹습니다."

"아무튼 잘해봐~ 마지막 날 촬영할 민호 씨 분량 얘기는 내일 하자."

홍은숙이 나가고, 한동안 민호가 깨어나기를 기다리던 서은하는 그녀도 모르게 베개에 목을 기댔다가 그만 잠이 들고 말았다.

툭.

셀캠의 화면이 마구 흔들리며 바닥을 뒹굴었다.

『승객 여러분. 핀에어 CB-537편은 잠시 후 취리히에 도착합니다.』

"하아암~ 벌써 다 왔네."

깜박 잠들었던 민호가 눈을 떴다. 노트북 속 동영상은 어느새 WCG 대회 기간 동안 찍었던 부분을 재생 중이었다.

"이건 한국 가는 비행기에서 수정해야겠다."

민호는 기지개를 켜다 옆에서 자는 서은하의 어깨를 조심스럽게 흔들었다.

"은하 씨, 다 왔어요."

"나 꿍꼬……."

뭔가 알 수 없는 말을 중얼거리며 쉽게 잠에서 깨어나지 못하는 서은하를 보며 민호는 피식 웃었다.

"착륙까지 시간 좀 남았으니 더 자요."

민호는 잠꼬대하는 모습까지 예쁜 그녀를 조용히 지켜보다 창밖으로 드러나는 취리히의 야경에 시선을 던졌다.

'리엔하르트 사설금고였지?'

도시가 눈앞에 보이자 아버지에게서 들었던 금고번호가

새록새록 떠올랐다. 민호는 상급 유품은 과연 어떤 느낌일지 벌써부터 기대감에 부풀어 오르는 것을 느꼈다.

Object : 딸 바보의 형사수첩.

Effect : 강력계 베테랑 형사의 눈썰미가 생긴다.

Object : 스포츠 애장품 4종.

Effect : 프로 선수들의 운동 센스가 발휘된다.

Space : 음악 살롱 Pierre.

Effect : 이 무대를 사랑했던 피아니스트의 쇼팽 연주 기법을 활용할 수 있다.

42.
M 아이덴티티 (1)

주프랑스 대한민국 대사관저.

집무실에 앉아 있던 민철모 공관장은 아침부터 날아든 전화 한 통에 입을 떡 벌리고 말았다.

『부시장님. 한국 프랑스 수교 130주년 기념 리셉션을 베르사유 궁전으로 잡겠다고요?』

『그래요. 그리고 지난번에 요청한 한인 교류행사도 멀리 가실 필요 없습니다. 베르시 체육관을 대관해 주겠습니다.』

프랑스의 자존심이라 할 수 있는 베르사유 궁전에서 수교 기념사업을 한다는 것은 무척 고무적인 일이었다. 게다가 프랑스 내에서 입지가 열악한 교민들의 체육행사장으로 시에서 관리하는 시설 좋은 체육관을 내주겠다니.

민 공관장은 평소 그렇게 깐깐하던 장 주앙 부시장이 뭘 잘못 먹은 건 아닌가 싶어 되물었다.

『부시장님. 실례지만, 왜 허가를 내주시는 쪽으로 마음이 바뀌신 거죠?』

『하하! 전에는 한국이 대단하다는 걸 몰랐어요. 그리 대단한 음악가가 있는 나라였다니. 피에르에서 연주를 듣고 깜짝 놀랐죠. 참, 리노는 수교 리셉션 때 한국 오케스트라와 공동 협연을 해보고 싶다고 제안하더군요.』

이건 또 무슨 소리?

민 공관장은 눈을 휘둥그레 뜨고 집무실 입구에 자리해 있는 비서 쪽으로 시선을 돌렸다. 잠시 수화기에서 입을 떼고 물었다.

"박 비서. 장 부시장이 리노를 언급하는데 누군지 알아?"

"리노 주베 시립 관현악단장이겠죠. 두 분 친하시잖아요."

"아, 그 상임지휘자? 부시장 대체 무슨 꿍꿍이야? 콧방귀만 뀌던 한국 일에 갑자기 왜 이렇게 관심을 쏟는 거지?"

130주년 수교 행사주간을 앞두고 자칫 대응을 잘못하면 외교적 마찰까지 벌어질 수 있었기에 민 공관장은 신중할 수밖에 없었다.

그사이 수화기에서 장 주앙의 음성이 흘러나왔다.

『그 청년에게 다시 한 번 고맙다고 전해 주세요. 그런 연주

죽을 때까지 못 들으리라 생각했어요.』

『그 청년이요?』

『왜 있지 않습니까? 한국에서 꽤 유명한 사람이라고 들었는데. 'Gaminon'이라고. 조국을 위하는 그 아름다운 마음씨 하며……. 아무튼 수교 리셉션 기대하겠습니다. 되도록이면 이 청년도 베르사유 공연장에서 볼 수 있기를 희망합니다. 한국 외교부에 그 정도 힘은 있겠죠?』

달칵.

프랑스어의 둥글둥글한 발음으로 전해 들은 이름에 민 공관장은 수화기를 내려놓고 비서에게 물었다.

"가미농? 가미노? 부시장, 아무래도 이 사람 공연 보고 홀딱 반한 거 같은데 누구 같아? 파리에서 활동 중인 우리나라 클래식 연주자 중에 여기 사람들이 놀랄 만한 실력자가 있었나?"

"그런 사람 있으면 저희도 알았겠죠. 예술공연 행사가 몇 갠데."

"그렇지? 그럼 누구야?"

비서는 컴퓨터에서 이리저리 검색해 보고 대답했다.

"가미농은 안 나오고, 가미노라고 일본 쪽 데이터베이스에 이름이 있습니다. 파리 음악원에서 연수 중인 바이올리니스트. 콩쿠르 입상도 몇 번 했습니다."

"설마……."

민 공관장은 등줄기가 서늘해졌다.

군 출신의 호랑이 부시장 장 주앙. 소문에는 프랑스 정보기관인 DGSE에서도 일했다고 알려졌다. 그가 이름을 착각하고 한국에 이런 혜택을 주는 것이라면 나중에 알고 얼마나 분통을 터뜨릴지 알 수 없었다.

"어차피 터질 거라면 우리 이득부터 좀 챙기자. 박 비서는 외교부에 전해. 베르사유 궁전 섭외했으니까 전에 말했던 국립무용단이랑 실력 좋은 오케스트라 보내 달라고."

지시를 끝낸 민 공관장은 그래도 찜찜해 덧붙였다.

"그 가미노 씨에게도 연락해 봐."

AM 09:00. 취리히, 호텔 '뒤 테아트르'.

"Mr. 가미노. 조흔 밤 보낸나요?"

민호는 호텔 데스크에서 체크아웃하려다 미숙한 한국어로 인사해 오는 직원을 보고 놀란 얼굴이 됐다.

"한국어를 할 줄 아세요?"

이렇게 되묻자 못 알아듣는 눈치였기에 민호는 바로 스위스에서 가장 많이 사용하는 언어, 독일어로 바꿔 물었다.

『한국어를 하시네요?』

『인사만요. 비지니스나 관광으로 한국 분들이 많이 오시거든요.』

직원의 친절한 웃음이 이어졌다. 민호는 방 키를 내밀며 말했다.

『501호실 체크아웃할게요.』

『알겠습니다. 그런데 손님이야말로 독일어 악센트가 정확해요. 말만 들으면 독일분 같아요.』

『그래요?』

파리에서 반지를 통해 수도 없이 외국어를 말한 경험 때문인지 다른 나라의 발음도 익숙해지긴 했다. 민호는 체크아웃을 끝낸 뒤에 손을 흔들며 말했다.

『잘 지내고 가요. 그리고 제 이름은 '가미노'가 아니라 '강민호'예요.』

『오, 진짜요? 실례했습니다.』

민호는 백팩을 등에 메고 밖으로 나왔다.

시내 중심가에 자리한 이곳은 어젯밤 취리히에 도착해 하룻밤 머물게 된 호텔로 시설이 상당히 고급이었다. T 브랜드가 전액 지원했기에 민호는 팔자에도 없었던 스위트룸에서 맘 편히 혼자 잠을 잘 수 있었다.

'그나저나 도시가 참 예쁘네.'

민호는 호텔 앞의 거리에 시선이 머물렀다가 백팩에서 버릇처럼 셀캠을 꺼냈다.

삑.

취리히는 파리의 낭만적이었던 모습과는 사뭇 다른 분위기였다. 장식 같은 건 거추장스럽다고 말하는 듯 간결한 디자인의 건물들은 우아해 보이면서도 유럽 특유의 분위기를 잃지 않았다.

한국이라면 큼지막한 간판이 붙어 있을 카페조차 투명한 유리창에 'Cafe'라는 문자만 적혀 있음에도 세련되어 보인다고나 할까?

한차례 주위를 훑은 셀캠이 민호의 얼굴로 향했다.

"안녕하세요, 여러분~ 여기는 취리히 시내에 있는 린덴호프입니다. 리마트 강이나 구시가지를 한눈에 내려다 볼 수 있죠. 와~ 저기 트램 보이시죠?"

민호가 셀캠을 돌려 거리 한쪽을 지나는 노면전차를 찍었다. 버스 4대 길이의 전차가 지상의 선로를 따라 부드럽게 움직이는 모습은 생경하면서도 신기해 보였다.

'이쯤하고.'

셀캠을 도로 가방에 넣은 민호는 호텔의 와이파이가 미치는 범위에 서서 휴대폰을 들어 검색을 시작했다. 아버지가 언급했던 사설은행은 걸어서 10분 거리에 있었다.

'12시 열차라고 했지?'

민호는 화보 촬영지로 떠나기 전, 금고에 들러 물건을 가져올 생각이었다.

지이잉.

막 이동을 시작하려는데 휴대폰이 울려 통화를 눌렀다.

–민호 씨.

수화기에서 서은하의 목소리가 흘러나왔다.

"은하 씨, 일어났어요?"

–네, 정신없이 잤네요. 그런데 어디 계세요? 방 보니까 이미 체크아웃하셨던데. 저희 12시에 출발 아니었어요?

"잠깐 다녀올 곳이 있어서요. 시간 맞춰 바로 중앙역으로 가려고요."

–그랬군요……. 저는 시간이 비어서 구시가지 구경 좀 하고 가려고 했거든요. 알았어요, 그럼. 민호 씨는 일 봐요.

"은하 씨 혼자 가게요?"

–그렇게라도 해야죠. 인터라켄으로 가면 여긴 다시 못 올 테니까.

민호의 머릿속이 빠르게 회전했다. 단둘이 거리를 거닐 수 있는 찬스를 그냥 놓칠 수는 없었다.

시간 계산을 끝낸 민호가 급히 말했다.

"같이 가요!"

–민호 씨 일은요?

"괜찮아요. 은하 씨 준비하고 나오면 시간 걸리죠? 10시쯤에 호텔 입구로 올게요. 구경 같이해요."

민호는 통화를 마치고 가벼운 발걸음으로 거리를 걸어 나갔다.

AM 09:10. 취리히, 라미스트라세 거리.

길게 늘어선 가로수 사이로 견고해 보이는 회색빛 건물의 외관이 모습을 드러냈다.

오래되긴 했으나 척 봐도 안전하다는 것이 느껴지는 두터운 외벽을 지나, 민호는 기대감이 뒤섞인 표정으로 정문에 도착했다.

리엔하르트 사설은행.

튼튼해 보이는 유리문을 밀고 들어서자 푸른 대리석으로 장식된 원형의 바닥이 눈에 들어왔다.

"Can I help you?"

홀 안으로 걸어 들어온 민호에게 깔끔한 정장을 입은 남자가 다가왔다.

『금고를 확인하러 왔어요.』

『이쪽으로 오시겠습니까?』

독일어로 말하자 남자도 바로 독일어로 답했다. 그렇게

민호가 안내되어 간 곳은 복도 끝의 철창으로 막혀 있는 문 앞이었다. 그곳에는 숫자를 누르는 터치 화면이 자리해 있었다.

남자는 아무것도 묻지 않은 채 그 옆에 섰다.

세계 각지의 금융이 집중되는 중립국. 스위스 은행의 '고객 비밀주의' 엄수야 듣기는 했지만 이렇게까지 무뚝뚝할 줄은 몰랐기에 민호는 머쓱한 표정으로 금고번호를 눌렀다.

'0, 13, 17…….'

차례대로 누르고 나자 바로 화면이 전환되며 문자가 나타났다.

[1971-21-3]

이 문자를 본 남자의 얼굴이 잠시지만 놀란 기색을 띠었다.

『상당히 오랜만에 방문해 주셨네요. 71년도 개설 금고는 현재 자동시스템이 지원되지 않습니다. 직접 가셔야 하니 담당자를 불러드리겠습니다.』

남자는 귀에 달린 소형 무전기에 작게 중얼거렸다. 그리고 철창을 열어 안쪽의 엘리베이터를 가리켰다. 민호가 올라타자 남자가 지하 3층으로 가는 버튼을 누르고 물러섰다.

진동음과 함께 엘리베이터가 지하 3층에 멈췄다.

『어서 오십시오, 고객님.』

문이 열리고 대기 중이던 담당자가 고개를 숙였다. 호리호리한 체구에 매를 연상시키는 눈빛을 가진 50대 중반의 사내는 민호의 아래위를 한 번에 살피고는 물었다.

『고객님의 마지막 방문이 90년으로 기록되어 있습니다. 그 사이 바뀐 내부 규정 때문에 먼저 질문부터 드려야겠습니다. 저희 은행은 92년 이전의 보관품에 대해서는 안보문제와 관련 있는지에 대한 확인 과정을 실시하고 있습니다.』

『안보문제요?』

'발터'라는 이름표를 붙이고 있는 담당자는 아무렇지 않은 듯 말했다.

『고객님의 보관품이 폭발과 관련 있는 물질이라면 그에 걸맞게 내부 구조를 조정해야 하기에…….』

민호는 신음을 삼켰다. 발터의 설명은 혹시 보관품이 폭탄이라면 안전성을 고려해 설계구조를 변경해야 한다는 요지였다.

설령 금고에 핵 같은 걸 보유하고 있다 해도 상관없다는 말투.

'사람이나 나라가 아니라 물건의 안전보장 문제라니. 이걸 프로페셔널하다고 해야 하는 건가?'

요원의 반지 때문인지 전후 사정은 금방 이해가 됐다. 92년 이전이라 하면 냉전 시대를 말하는 것이다. 91년 12월에 소련이 붕괴하기 전에는, 스위스의 비밀 금고에 대량살상무기 하나 정도 숨겨져 있다고 해도 그리 놀랄 만한 일이 아니었다.

민호는 할아버지가 어떤 물건들을 수집해 놨을지는 모르지만 그렇게 위험한 물건은 없으리라 생각했다.

『안내해 주세요.』

엘리베이터 앞을 벗어나자 철문이 좌우로 늘어선 사각의 복도가 모습을 드러냈다.

민호는 21번 방 앞에 서서 문이 열리길 기다렸다.

끼릭 하는 음과 함께 가로세로 3미터 정도의 정사각형 공간이 모습을 드러냈다. 발터가 안쪽을 손짓했다. 기대감과 함께 안으로 들어선 민호는 눈을 크게 떴다.

'썰렁하네.'

수많은 수집품을 기대했는데 검은 철판으로 둘러싸인 금고 하나와 구석의 책상이 전부였다.

『혹시 저것도 열어 주시나요?』

민호의 질문에 발터가 고개를 갸웃했다.

『이 방 전체가 2030년까지 고객님의 공간입니다. 인수받으신 것이라면 원주인에게 물어보시는 것이 어떻습니까?』

『아…….』

그러고 보니 아버지가 금고를 만지면 감이 올 것이라 말했었다. 민호는 금고 자체가 애장품일까 싶어 얼른 다가가 보았다.

"뭐야? 아무 느낌도 없잖아."

차가운 금속의 감촉만 있을 뿐, 유품이나 애장품의 느낌은 아니었다. 게다가 번호를 맞춰 열어야 할 다이얼에는 기이하게도 숫자가 전혀 쓰여 있지 않았다.

'설령 금고 번호를 알아도 적용을 못 하면 이걸 어떻게 열어?'

고개를 돌리던 민호는 혹시나 해서 책상으로 다가가 서랍을 열어 보였다.

"으잉?"

의사들이 사용하는 청진기.

안에서 뜬금없는 물건이 나왔다. 민호는 그것을 손에 쥐었다가 움찔했다. 낯선 기억 하나가 머릿속을 스치고 지나간 것이다.

드르륵.

금고의 손잡이 부분에 청진기를 대고 번호조작 스위치를 매만지는 수많은 장면들. 금고의 종류는 천차만별이었으나 결과는 항상 똑같았다.

철컥, 하고 시원하게 열리는 것.

'유품이었어?'

다이얼 안쪽의 잠금장치가 상호작용하는 소리만으로 번호를 알아낼 수 있는 금고 전문가. 그의 유품이 길들여져 서랍 속에 자리해 있었다.

다시 금고로 눈을 돌린 민호는 청진기의 능력을 통해 저것이 스웨덴제 강철 금고인 '워딩턴-750'이라는 모델이라는 것을 알아챘다.

'오호라.'

민호는 그제야 이 사설금고가 할아버지와 아버지, 그리고 자신밖에는 이용하지 못하는 곳임을 알아챘다. 이 청진기는 말하자면 열쇠인 것이다.

청진기를 착용한 민호가 금고 앞에 서자 문밖에 서 있던 발터는 흥미롭다는 눈으로 지켜보았다.

민호가 청진기를 문에 댔다. 그리고 조금씩 돌리기 시작했다. 안쪽이 전혀 보이지 않음에도 100개의 날을 가진 톱니가 한칸 한칸 돌아가는 것을 그대로 느꼈다.

재깍, 하고 무언가 걸리는 음과 함께 짜릿한 무언가가 손을 타고 민호의 가슴을 강타했다. 무척 재밌는 감각이었다.

첫 번째 번호가 걸린 눈금의 위치를 확인한 즉시 다시 한 바퀴를 돌렸다. 두 번째, 세 번째 걸리는 음도 똑같이 짜릿했다. 그렇게 3개의 번호를 찾고 그것을 순서대로 다시 맞췄다.

'과연…….'

민호가 손잡이에 손을 올리고 내리자 철컥하고 금고가 열렸다.

"됐어!"

왠지 모를 쾌감에 민호는 손을 뻔쩍 치켜들다 발터와 눈이 마주쳤다. 안에서 무슨 짓을 하건 신경 쓰지 않는 눈치였으나 괜히 이상한 취급을 받을 것 같아 미소를 지어 보였다.

『보세요. 폭탄 같은 건 없…….』

갑자기 돈뭉치가 우르르 쏟아져 나와 민호는 당황에 빠졌다. 100프랑짜리 지폐가 한 묶음. 그것이 수도 없이 쏟아져 나왔다. 돈이라고 좋아할 수도 없는 것이 아버지의 말을 빌자면, 이미 화폐의 효용가치는 사라진 종잇조각이었다.

발터는 열린 금고의 안쪽 물건을 한번 훑어보고 말했다.

『확인됐습니다. 따로 설계 보강을 하진 않아도 될 것 같군요. 저는 엘리베이터 쪽에 있을 테니 용무가 끝나고 문 옆의 회선전화로 연락 주십시오.』

고개를 숙인 발터가 사라졌다.

그사이 민호는 금고 안의 다른 물건에 시선이 머물렀다. 은은한 빛이 어려 있는 물건들과 그렇지 않은 물건들이 중구난방 뒤섞인 가운데, 뭔가 심상치 않은 분위기를 풍기는 서류가방 하나가 자리해 있었다.

'이 안에 있는 건가?'

주황빛 유품보다 상위에 있는 그것.

민호는 호기심 가득한 눈으로 가방을 꺼내 책상 위에 올렸다. 달칵하는 소리와 함께 가방이 열렸다. 그리고 입이 떡 벌어졌다.

'우와…….'

선홍색의 빛이 어려 있는 황금사자상. 주먹만 한 크기의 이 조각상은 척 봐도 만들어진 시대가 아주 오래됐음을 알 수 있었다. 그럼에도 정교했고, 흠집 또한 거의 없었다.

박물관에 진열되어 있어야 마땅할 가치를 지닌 물건이란 것은 역사적 유물에 문외한인 민호도 충분히 알 수 있었다.

'아버지 수준에서 길들일 수 있는 상급 유품이란 건, 유품 중에서도 극히 오래된 걸 말하는 걸지도 모르겠어.'

저것을 길들이기 위해 주인의 시험 같은 걸 치르면, 천 년 전 사람을 만날지도 모를 일이었다.

민호는 자신도 모르게 선홍빛이 어린 조각상을 향해 손을 움직였다.

찌릿.

"앗 따거!"

정신이 번쩍 들 정도의 충격에 비명이 튀어나왔다. 아버지의 말대로 아직 건드릴 수준이 되지 않으니 이건 못 먹는 감에 불과했다.

가방을 닫아 한쪽에 치워둔 민호는 이번엔 그 외의 콩고물 쪽으로 시선을 돌렸다. 수십 년이 지나 애장품으로서 힘을 잃은 물건은 금고에 그대로 놓아두고 유품만 모아 책상 위에 늘어놓았다.

밋밋해 보이는 젖병, 딸랑하고 소리가 나는 장난감, 귀여운 강아지 인형, 3살 미만의 아이가 신어야 할 것 같은 신발.

"많기는 하다만 어째 종류가 좀……."

민호는 잠시 할 말을 잃었다. 그나마 고급스러운 목각무늬가 그려진 상자가 있어 열어 보았다.

"오르골이네."

안쪽에 태엽을 감는 것이 있기에 돌려보았다. 따다단~ 하면서 들리는 음악은 다름 아닌 자장가였다.

"죄다 아기용품이잖아!"

이 유품을 다 길들여도 그다지 유용할 것 같지 않다는 예감이 들어 민호의 시선은 황금사자상이 들어 있는 가방을 향할 수밖에 없었다.

'귀국하면 아버지와 단판을 지어서 적어도 저 정도 수준의 유품 하나는 받아내야겠어.'

새롭게 결심을 끝낸 민호는 방 안의 정리를 시작했다. 휴지 조각에 불과한 돈은 도로 집어넣고, 아기용품 같은 유품

들은 준비해 온 비닐에 담아 백팩에 정리해 넣었다.

'당분간은 유럽 올 일 없으니까.'

민호는 마지막으로 청진기도 챙겼다. 금고를 열 때 느낀 쾌감만큼은 근래에 활용한 그 어떤 애장품이나 유품보다 우위에 있었다. 그나마 건진 게 있다면 이것이었다.

"다 됐지?"

황금사자상은 가방째로 들고, 그렇게 복도로 나왔다.

『용무는 끝나셨습니까?』

『네, 끝났어요.』

대기 중이던 발터가 엘리베이터의 문을 열었다.

『타시죠.』

1층으로 향하던 도중, 함께 타고 있던 발터가 민호의 얼굴을 한번 살피고는 말했다.

『고객님의 물건에 대해서는 따로 언급하지 않는 게 내부규칙이지만, 아까 보니 옛 화폐가 있더군요.』

『아, 그거요?』

민호는 100프랑 지폐묶음 150덩이를 차곡차곡 정리해 금고에 쌓아두었다. 대충 지금의 스위스 프랑과 원화로 환산해 보면 20억 가까이 되는 돈이었다.

『본래 주인이 처박아 두고 신경을 안 썼어요. 어쩔 수 없죠, 뭐.』

『규정에는 어긋나지만, 저희 은행의 자체 환전 규칙을 적용하면 반 정도는 지금의 화폐로 받아가실 수 있습니다.』

『정말이요?』

민호는 '규정에 어긋난다'라는 말이 걸려 되물었다.

『스위스 은행은 무조건 원칙을 지키는 걸로 알고 있는데 왜 언급하시는 거죠?』

『그건…….』

발터는 1층의 문이 열리기 직전, 민호에게 말했다.

『고객님께서 금고 전문가라는 사실을 알고 나니 저희 은행이 겪고 있는 문제 하나를 해결해 줄 수 있을 것 같아 드린 말입니다.』

『문제요?』

『보관 계약이 끝난 방에 열지 못하는 금고 하나가 있습니다.』

그걸 열어 주면 구권을 신권으로 바꿔주겠다는 말이었다. 문이 열리고 발터가 말했다.

『생각 있으시면 올라가서 차 한잔하며 얘기하시겠습니까?』

민호는 시계를 살폈다. 9시 30분. 서은하와 10시에 만나기로 했으니 아직 시간적 여유는 충분했다.

도와주면 75만 정도의 스위스 프랑을 보상받을 수 있다는 사실보다 다른 금고를 한번 열어 볼 수 있다는 얘기가 민호의 구미를 당겼다.

처음 민호를 안내해 주었던 정장의 남자가 다가왔다. 발터가 남자에게 눈짓하자 남자는 2층으로 향하는 계단의 문을 열었다.

AM 09:30. 리엔하르트 사설금고, 2층 VIP 보관소.

커튼이 쳐진 방 안에 서 있던 민호는 컨베이어 벨트를 통해 자동으로 다가오는 짙은 회색빛의 금고에 시선을 던졌다.

『독일제 PG-935군요.』

『그동안 여러 전문가를 초빙해 열어 보려 했으나 다들 난색을 보였습니다.』

청진기를 목에 걸자 정보가 바로 떠올랐다.

1,800도 용광로에서 달궈도 안에 든 신문을 볼 수 있는 금고. 다이얼 뒤편에 민감한 유리 잠금장치가 달려 있어 강제로 파괴됐을 때 문짝의 개방이 아예 불가능해지는 명품이었다.

민호가 손잡이 쪽에 나 있는 드릴 자국을 가리켰다.

『누가 뚫다가 재잠금 장치를 건드릴 뻔했네요.』

『역시, 바로 아시는군요.』

계속 무뚝뚝한 표정을 유지하고 있던 발터도 지금은 기대하는 눈길이 되어 민호를 바라보았다.

『취리히의 최고 기술자가 시도하다 말았는데, 이건 옛 방식에 익숙한 기술자가 열어야 한다고 하더군요.』

청진기를 목에 걸고 금고를 세밀히 관찰하던 민호는 왼손에서 빛이 느껴져 시선을 내렸다.

'반지가 왜 빛이 나지?'

서서히 밝아지며 은은한 빛이 어리기 시작한 반지. 민호는 금고에 가까워지자 더 선명하게 빛나는 것을 보고 직감했다.

저 금고 안에 반지와 더불어 효과를 발휘하는 물건이 있다.

『발터 씨.』

『네.』

『제가 이걸 열면, 원칙 어겨가며 구권 환전해 줄 필요 없이 그냥 원하는 물건 하나 주실 수 있나요?』

『원하는 물건?』

고객의 이름조차 묻지 않는 이 스위스 은행에 10여 년 전 물건을 맡기고 증발해 버린 사람이 있었다. 얼마 전에 금고의 기한이 다 된 터라 이 물건의 소유권은 은행으로 넘어온 상태.

『이 안에 흥미 있는 물건이 있을 것 같거든요.』

『75만 프랑의 가치 이하의 물건이라면 고려해 볼 수 있습니다.』

민호는 고개를 끄덕이고 금고 앞에 섰다.

'기다려, 내가 열어 줄게!'

얼굴은 보지 못했지만 예쁘다는 소문을 익히 들은 상대와 소개팅을 앞둔 기분으로, 민호는 청진기의 끝을 금고에 가져갔다.

틱.

다이얼을 한 눈금만큼 돌렸을 뿐인데 금고 안쪽에 자리한 걸쇠와 톱니의 반응이 선명하게 손끝에 전해졌다.

'뻑뻑한데?'

이미 다른 금고 전문가들이 손을 댔기 때문인지 다이얼이 제소리를 내지 못하고 있었다.

『산소절단도 시도했었나 봐요?』

민호의 물음에 발터는 고개를 끄덕였다. 한 바퀴를 다 돌렸으나 걸리는 느낌이 없었다. 아무리 청진기로 금고 전문가의 능력을 사용할 수 있다 해도 멀쩡한 금고의 톱니 걸리는 소리와 손맛이 없다면 번호를 파악하는 건 무리였다.

'금고가 이미 손상을 입었어.'

장비가 더 필요했다. 금고 경첩의 강성을 무르게 해주는 비합법적인 화학약품, 레이저 드릴, 미세내시경 같은 전문 금고털이 장비의 모습들이 민호의 머릿속에 떠올랐다 사라졌다.

'문제는 이걸 다 구하고 나면 열차 시간을 못 지킨다는 거지.'

민호의 시선이 빛나고 있는 반지로 향했다. 여기서 못하겠다고 발을 빼는 건 이 반지와 좋은 궁합을 발휘하는 물건을 포기하는 것과 같았다.

하는 데까지 해보자, 하고 결심을 끝낸 민호가 점자시계를 터치했다. 증가한 청각과 촉각으로 다이얼을 손에 잡았다. 아주 작지만 느껴지는 것이 있어 집중해서 돌렸다.

'33 아니면 32?'

번호 콤비네이션을 찾느라 온 신경을 쏟다 보니 선선한 공기가 유지되고 있는 VIP실임에도 이마에 땀이 송골송골 맺혀갔다. 그사이 점자시계의 3분이 다 됐다.

민호가 한숨 돌리기 위해 물러서자 발터가 다가와 향이 나는 손수건을 내밀었다.

한 방울에 수십만 원을 호가하는 향수가 뿌려진 실크 손수건이었으나 민호는 그저 냄새가 좋은 수건 정도로 생각하고 땀을 닦았다.

『고마워요.』

『진척은 있으십니까?』

『32, 67. 이제 하나만 찾으면 끝나요.』

『버, 벌써 말입니까?』

민호는 고개를 끄덕였다. 3분간 지속되는 점자시계의 능력이 끊기지만 않았다면 마지막 하나도 마저 찾아냈을 것이다.

『집중을 너무 했더니 감각이 좀 무뎌진 느낌이라 5분 정도만 쉬고 작업할게요.』

『그럼, 다즐링이라도 다시 내오겠습니다.』

VIP 보관소 바로 옆의 응접실 문을 열고 들어선 발터는 믿어지지 않는다는 눈길로 유리창 너머에서 작업 중인 동양인 청년을 바라보았다.

이 은행과 장기 거래해 온 금고전문가들조차 별별 장비를 다 동원해 가며 열려다 실패했건만, 저 청년은 오로지 손만으로 열려고 하고 있었다.

'그동안 알려지지 않은 사람인 건 분명해. 아시아 쪽에서 활동 중인 전문가인가?'

전력난을 대비해 전자식이 아닌 기계식 금고만 고집하는 은행 입장에서는 그야말로 탐나는 인재였다. 은행의 보관 능력에 대한 완전무결성을 검증해 보기에 금고전문가만큼 적합한 이는 또 없으니까.

비밀을 엄수하기 위해 고객의 정보를 일절 묻지 않는 내부 규정이 있음에도 이번만큼은 청년의 정체가 심히 궁금했다.

삐빅.

–발터 부행장님.

발터가 응접실에 들어와 차를 우려내던 도중 귀에 걸려 있던 무전기에서 음성이 전해졌다. 입구에서 손님을 상대하는 리셉셔니스트 빈센트였다.

『무슨 일이지?』

–방첩과 공무원이 찾아왔습니다. 신원미상인의 금고에 대해 할 말이 있다고.

이 대답에 발터는 인상을 찌푸렸다.

『냄새는 귀신같이 맡는군. 도청이라도 하는 거야 뭐야?』

–금고업자 중 하나가 얘기를 흘린 것 같습니다.

보관 기한이 지났음에도 주인이 찾아오지 않는 VIP 금고라면 안에든 물건이 은행에 마이너스가 될 위험이 있다는 판단. 그것 때문에 발터도 75만 프랑을 손해 보고서라도 당장 금고를 열려고 한 것이었다.

수년 전, 유럽 각국의 위성통신 감청 테이프가 발견됐던 한 은행은 아직도 당국의 엄격한 검열을 받고 있었다. 연방정부의 방첩 공무원이 들락거리는 은행만큼 고객을 불안하게 만드는 은행도 없다. 고객이 발길을 돌린 것은 당연한 일.

만약 동양인 청년이 열고 있는 저 금고 안에 한 나라에 해가 될 첩보가 존재한다면, 파기하든 숨기든 방법을 찾아야

했다.

그 과정에서 골이 아파지리라는 건 불 보듯 뻔했다. 그저 이름 모를 아랍의 부호가 10년간 돈을 차고 넘치게 벌어 금고의 존재를 깜빡 잊어버린 대수롭지 않은 상황이길 비는 수밖에.

『빈센트.』

–네.

『고객님이 금고를 만지고 있으니까 일이 끝날 때까지는 그 공무원 붙잡아 두고 있어. 관련 없는 고객님까지 휘말리게 되는 건 우리 은행의 수치야.』

–알겠습니다, 부행장님.

"됐다."

민호는 세 번째 번호를 조합하자 덜컥하고 열리는 금고를 보며 작게 환호했다. 곧바로 묵직한 문을 활짝 열어젖혔다.

가장 먼저 눈에 들어온 것은 상단의 지폐뭉치였다. 할아버지의 금고만큼 많은 건 아니나 그래도 10년밖에 되지 않아 실제로 사용할 수 있는 화폐다발이었다. 그리고 보이는 것은 하단부에 자리한 알루미늄 박스와 두툼한 옷가방이었다.

'어디 숨어 있는 거니?'

박스에 손을 대려던 찰나, 응접실의 문이 열리고 발터가 나타났다.

『여셨군요!』

『네, 방금요.』

『여기 다즐링입니다.』

민호는 일단 손을 떼고 뒤로 물러났다. 발터가 탁자 위에 올려둔 홍차를 한 모금 넘기며 상황을 지켜보았다.

발터는 금고 안쪽의 물건을 꺼내 탁자 위에 올려놓고 가장 큰 옷가방부터 확인하기 시작했다.

『여행을 좋아하셨던 고객님인가 봅니다.』

『그러게요.』

탁자에 각양각색의 옷가지가 수북이 쌓일 때까지는 아무 문제가 없었다. 그러나 그 위로 가발 서너 개, 모조수염과 칼라렌즈가 들어 있는 담뱃갑 같은 물건들이 모습을 드러내자 발터는 당황에 빠졌다.

누가 봐도 여행을 평범히 즐기는 사람의 물건은 아니었다.

발터가 급히 알루미늄 박스를 열었다. 안에서 나온 것은 문서철이었다. 이것이 우려한 대로 첩보와 관련된 문건이라면 잠시 후 연방정부의 공무원과 심각한 대화를 나눠야 했다.

민호가 얼핏 보니 영어로 된 신문기사 스크랩이었다. 금고의 주인이 미국인인가 보다 생각하는 와중에 갑자기 발터가 여권을 무더기로 꺼냈다.

나라가 제각각인 여권이었다.

『음…….』

신음을 흘리는 발터와는 달리 민호는 침착했다. 주인이 누구건 범상치 않은 신분을 가졌을 것은 반지가 빛날 때부터 어느 정도는 예상했었다.

발터가 계속해서 박스 안의 물건을 꺼냈다. 살색의 실리콘 같은 좀 더 정교하고 전문적인 변장도구들이 차례대로 나왔다. 마침내, 빛에 둘러싸인 물건 하나가 민호의 눈에 들어와 박혔다.

'찾았다!'

사각의 손거울.

투명한 주황빛이 손바닥에 쏙 들어오는 크기의 거울을 감싸고 있었다.

고대하던 물건의 정체를 확인한 민호는 힐끔 발터의 눈치를 살폈다. 모든 물건을 가지런히 정리하고, 발터는 박스에서 처음 빼낸 문서철을 심각한 표정으로 확인 중이었다.

민호도 오랜만에 발견한 중급 유품을 손에 들었다. 주황빛의 색감이 어려 있는 손거울이 민호를 기대감에 불타게 했다.

'열차 타고 이동할 때 바로 길들여야겠어.'

그렇게 민호가 금고를 연 보상으로 발터에게 손거울을 요구하려던 순간이었다. 들여다보고 있던 거울의 표면에 순간적으로 낯선 얼굴 하나가 불쑥 고개를 치켜들었다.

“헐.”

팔뚝에 닭살이 돋아났다. 민호는 그도 모르게 신음을 내뱉으며 등 뒤로 고개를 돌렸다. 뒤에는 튼튼한 강철 벽뿐이었다.

『왜 그러십니까?』

『아, 아니에요. 홍차가 좀 뜨거워서.』

문서의 내용 파악이 시급한 발터가 다시 고개를 숙이는 사이, 민호는 잘못 봤나 싶어 거울과 슬그머니 시선을 마주쳤다. 그러자 거울 속에 자리해 있던 낯선 얼굴이 민호를 향해 손을 흔들어왔다.

등줄기의 신경에 찌릿한 소름이 강타했다.

‘그, 그, 금고 귀신……!?’

거울 속 얼굴이 민호를 손짓해 불렀다. 마치 만져 보라는 듯한 동작. 민호는 움찔하면서도 거울의 표면에 손을 댔다. 거울 속 얼굴이 민호의 손가락이 닿은 부분에 자신의 손을 댔다.

따뜻한 느낌이 민호의 손끝을 파고들었다.

애장품의 추억을 보는 것과 마찬가지로 유품의 추억 하나가 거울을 통해 환영처럼 민호에게 보였다.

취리히 중앙역.

수많은 사람이 오가는 거대한 역 안으로 초췌해 보이는 사내가 걸어 들어갔다. 기둥 옆을 돌아나가는 순간, 착용 중인 안경과 모자를 벗고 재킷을 뒤집자 갑자기 여행의 기대감에 잔뜩 들떠 있는 다른 사내가 되어버렸다.

사내는 카페테리아의 의자에 아무렇지 않게 앉아 누군가를 기다리기 시작했다. 접선을 준비 중인 요원의 모습이었다.

'휴대폰으로 첩보영화를 보는 기분이야.'

민호는 꿈이 아닌 현실에서 유품이 소통을 해오는 것을 보고 이 유품의 주인도 점자시계의 주인처럼 현실에서 무언가 이루기를 염원하고 있음을 직감했다.

'도와주길 바라는 거죠?'

손거울 속에 얼굴이 나타나 고개를 끄덕였다.

『발터 씨.』

문서의 내용 파악에 힘쓰고 있던 발터가 민호의 부름에 고개를 돌렸다. 민호는 발터가 유심히 지켜보던 문서를 가리켰다.

『난수표가 없으면 무용지물일 거예요.』

『난수표?』

민호는 거울 속 얼굴이 두 손에 난수표를 들고 흔드는 장면을 목격하고 발터에게 덧붙였다.

『왜, 헐리웃 첩보영화 같은 거 보면 숫자 쓰여 있는 표 같은 거 들고 암호문을 주고받는 장면 나오잖아요. 난수표야 당연히 금고 주인이 지니고 있을 테니 지금 저건 단순 종이 쪼가리에 불과해요. 주인이 아니면 절대 해독 못 할걸요?』

『일리 있는 말씀 같습니다.』

발터는 이 안에 방첩 공무원에게 찔릴 만한 물건은 없으리라는 판단이 서자 한숨 돌린 얼굴이 됐다.

『아무리 들여다봐도 알 수 없다면 공무원들도 다른 얘길 할 수 없겠죠. 그런데 고객님. 제가 뭘 찾고 있는지 어떻게 아신…….』

『이 짐들 보니까 대충 감이 와서요. 첩보영화 좋아하거든요, 하하. 그나저나 이 홍차 맛있네요. 비싼 거죠?』

발터는 홍차를 후후 불어, 마저 마시는 민호를 보고 속으로 신음을 삼켰다.

은연중에 보이는 저 여유.

지극히 젊음에도 구식 금고에 대해서는 전문가 저리 가라 할 정도의 지식을 보였다.

인상적인 기술을 익힌 데다 71년도에 개설된 금고에까지 접근 가능한 사람이라면 분명 저쪽도 요원이었다. 그것도 이 계통에서는 스페셜리스트가 분명했다.

고객의 정체에 대해 일절 의문을 품지 말아야 함에도 자꾸만 저 동양인 청년의 배경이 궁금해지는 발터였다.

『발터 씨. 금고는 열었으니 아까 말했던 보상 얘기부터 하죠.』

생각에 잠겨 있던 발터는 민호의 말에 퍼뜩 정신을 차리고 대답했다.

『여기에 75만 프랑의 가치를 지닌 물건은 없는 것 같습니다. 고객님의 소중한 시간을 더는 빼앗지 않도록 바로 지시해 놓을 테니 구권을 환전해…….』

『아니요.』

민호는 손거울을 가리켰다.

『이걸로 충분해요.』

『거울을요?』

발터는 많은 물건 중에 고작 평범한 거울 하나를 원하는 상대에게 놀랐다. 거울을 이리저리 살폈으나 아무 특이점이 없었다.

『그런 거 모으는 게 취미거든요.』

특수요원이니 돈을 중요한 문제로 생각지 않을 것은 당연한 일. 고민하던 발터는 약속은 약속이라는 생각에 손거울을 민호에게 내밀었다.

『이것으로 만족하신다면야, 저야말로 죄송할 따름입니다.』

보관실 한쪽에 놓아둔 백팩과 황금사자상이 든 가방을 챙겨 이동할 채비를 끝낸 민호에게 발터가 명함 하나를 내밀었다.

『보안이 보장되는 제 개인 회선입니다. 언제든 연락해 주시면 성심성의껏 모시겠습니다.』

–리엔하르트 은행 부행장, 발터 카우프만.

어떤 진귀한 물건이 보관됐을지 모를 취리히 사설금고의 인맥이었기에 민호는 미소 띤 얼굴로 명함을 받아 들었다.

『다음에 봬요. 아마 유럽에 다시 오면 또 들를 것 같아요.』

VIP 보관실을 나온 민호가 1층으로 향하는 계단을 지났다. 철창이 덜컹하고 열리자, 처음 민호를 안내했던 남자가 다가왔다.

『용무는 끝나신 겁니까?』

『네, 끝났어요.』

『리엔하르트 은행을 방문해 주셔서 감사합니다.』

민호는 남자에게 손을 흔들며 대리석 바닥으로 된 홀에 접어들었다.

'방문한 보람은 충분했어.'

손거울을 손에 들고 휘파람을 불며 밖으로 향하던 민호는 문을 나가기 직전, 홀을 서성이던 레인코트의 키 큰 백인과 잠시 눈이 마주쳤다.

처음에는 별생각이 없었다. 그러나 문밖으로 나서자마자 떠오르는 일련의 생각에 잠시 멍하니 서 있어야 했다.

–방금 그 백인. 왼팔에 차고 있던 시계는 스위스 9산악보병여단에만 보급되는 장비. 현역 군인이 머리를 저렇게 기를 리 없으니 퇴역한 군인일 것. 어깨에 메고 있던 가방은 스위스 정부기관의 보급품. 눈빛은 고지식해 보였고 걸음걸이가 딱딱하게 각이 져 있는 것이 관료주의에 찌든 공무원일 가능성이 농후…….

'나 뭐하는 거냐?'

민호는 고개를 휘휘 저었다. 왜 멀쩡히 지나친 사람의 행동거지를 뜬금없이 기억하고 분석하려 드는 건지. 일단 의심 가는 것은 손거울의 주인이 가진 본능일지 모른다는 가정이었다.

쇠뿔도 단김에 빼라고 했다. 민호는 손거울 속 환영에 물었다.

"이제 어디로 가야 하는 거죠?"

손거울에서 아까 목격했던 취리히 중앙역의 전경이 나타났다.

"취리히 중앙역?"

환영이 손가락으로 동그라미를 그렸다.

"잘됐네요. 어차피 거기 갈 건데."

말은 통하지 않아도 화면으로 충분한 대화가 가능했기에 민호는 역에서 무언가를 해줘야 한다는 손쉬운 결론에 도달했다.

"알겠어요. 조금 있다가…… 아앗!"

유품에만 온 관심을 쏟고 있었던 민호는 시계를 확인하고 정신이 번쩍 들었다.

9시 59분. 서은하와 약속한 시간이 고작 1분 남았다.

to be continued

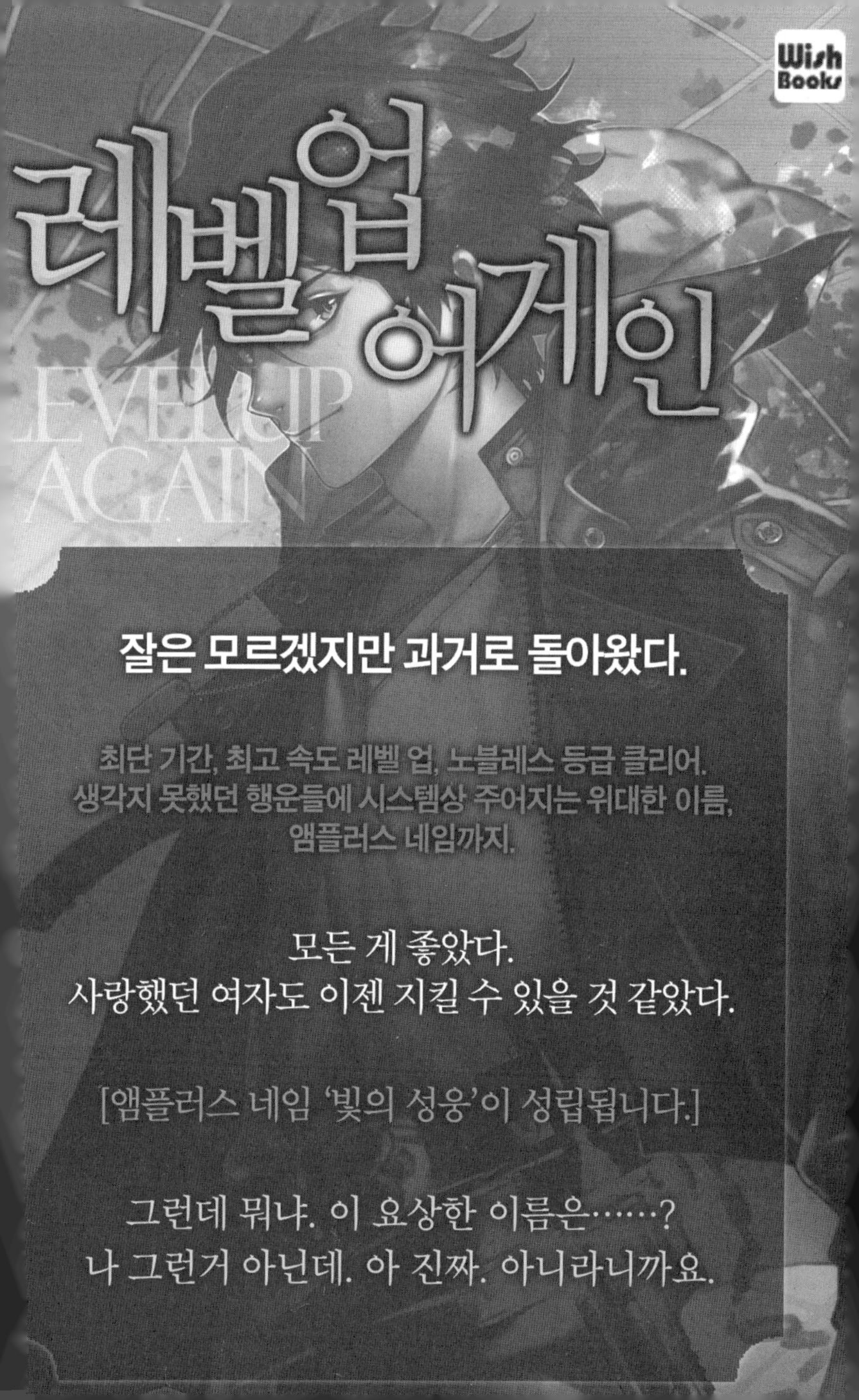
Wish Books
레벨업 어게인
LEVEL UP AGAIN
잘은 모르겠지만 과거로 돌아왔다.
최단 기간, 최고 속도 레벨 업, 노블레스 등급 클리어.
생각지 못했던 행운들에 시스템상 주어지는 위대한 이름,
앰플러스 네임까지.
모든 게 좋았다.
사랑했던 여자도 이젠 지킬 수 있을 것 같았다.
[앰플러스 네임 '빛의 성웅'이 성립됩니다.]
그런데 뭐냐. 이 요상한 이름은……?
나 그런거 아닌데. 아 진짜. 아니라니까요.

태양의 흑점 폭발과 함께 새로운 시대가 찾아왔다!

마나와 능력자, 그리고 몬스터가 존재하는 현대.
그리고 그곳을 살아가는 마나석 가공 판매업자 김호철.
평소처럼 마나석을 탄 꿀물을 마시던 그는
번개에 맞고 신비로운 힘을 각성하게 되는데…….

'내 안에서 몬스터가…… 나왔다?'

그것도 김호철이 먹은 마나석의 개수만큼 많이.